엉망으로 열심히

살
고
있
습
니
다

일기 쓰는 세 여자의
오늘을 자세히
사랑하는 법

엉망으로 열심히

살고 있습니다

천선란, 윤혜은, 윤소진

한겨레출판

할머니가 되고 싶다. 팟캐스트 〈일기떨기〉를 진행하는 지난 2년 동안 자리 잡은 생소한 꿈이다. 할머니가 되고 싶다. 그때도 좁은 녹음실에 서로 부대껴 앉아 도란도란 이야기를 나누고 싶다. 점점 실체가 또렷해지는 청취자들과 함께 늙어가고 싶다. 허튼 말을 오래도록 나누고 싶다. 아무 의미도 찾을 수 없는 대화를, 굳이 그럴 필요도 없는 소소하고 일상적인 하루의 기록을 오래도록 나누고 싶다.

시작할 땐 분명 명확한 방점이 보였는데, 끝이 점점 멀어진다. 이 팟캐스트의 종착지가 하염없이 길고 멀었으면 좋겠다. 나는 한 번도 나의 하루를, 당신의 하루를, 나의 내일과 미래를, 우리의 여정을 궁금해한 적이 없었는데, 우주로 향하는 편도선에 망설임 없이 오를 수 있는 사람이었는데, 이제 어쩌지? 우주에 나가서도 이 모두와 함께 이야기하고 싶어졌다. 우주 편도선을 타더라도 녹음할 수 있는 기술을 개발해야겠다. 그리고 망원동의 햇볕 따스한 책방 앞에서 찍은 아주 오래된 사진을 붙여놓고, 그 옆에 알록달록한 옷을 입은 할머니 셋의 사진을 붙여둬야지.

당신이 들려준 이야기도 그때까지 가지고 가야겠다. 각자의 삶을 열심히 살다, 함께 있고 싶은 기분이 들 때면 언제든 〈일기 떨기〉로 와주었으면 좋겠다. 그렇게 흘러가는 시간의 파도에 몸을 맡겨, 우리의 이야기가 우주의 주파수를 타고 아주 먼 곳에 사는 외계인에게 흘러갔으면 좋겠다. 우리의 이야기를 듣고 지구가 궁금해진 호기심 가득한 외계인이 소풍 가듯 이곳에 와주었으면.

그럼, 그때는 외계인의 일기를 훔쳐 와야지.

2023년 겨울
선란

차례

이 삶을 협업하고 있는 기분

혜은

'작업책방 씀' 가오픈 첫날. 첫 손님은 다름 아닌 졸업 후 한 번도 보지 못한 대학 후배들이었다. 신상 카페도 아닌 책방 가오픈을 찾아오는 젊은 친구들이라니, 역시 망원동이군…… 안일한 감탄과 함께 입간판에 스티커를 붙이다 말고 인사를 건넨 무리에는 내가 졸업반일 때 입학한 신입생, 그리고 내가 졸업한 뒤에 입학한 초면의 후배가 있었다. 자기를 기억하느냐는 해맑은 인사에 호들갑을 떨며 대꾸하고, 동시에 어색하게 명함을 건네받으며 대략 10년 치의 묵은 추억을 듬성듬성 나눈 오후였다. 이렇게 한순간 다시 누군가의 선배가 될 수 있다니. 눈앞의 얼굴들과는 무관하나, 어쩐지 찡그린 채 추억하게 되는 대학 시절이 당장이라도 쏟아질 것만 같아 조금 혼란스러운 감정이 울렁였다.

10

그리고 그때까지만 해도 나는 임대한 공간의 채광이 얼마나 좋은지, 오후 세 시의 책방이 얼마나 눈부신지 알지 못할 때여서, 그저 서재를 가득 채운 가을볕 덕분에 안팎의 뒤죽박죽 한 풍경이 따뜻하게 기억되겠구나, 감상적인 생각이나 했다. 그러므로 후배들이 마침내 자리에서 일어났을 때 내가 머뭇거리다 "얘들아 가기 전에 사진 한 장만 찍고 갈래?"라고 말한 것은, 다시는 이 순간이 반복되지 않으리란 이상한 속단에서였다. 다음을 기대하기엔 좀 허무맹랑한데, 왜인지 마음이 그쪽으로 기우는 듯한 기분을 사전에 차단하려는 방어기제가 발동한 것이다. 우연한 호기심으로, 가벼운 마음으로 이곳에 들렀을 그 애들을 산뜻하게 대하는 척했지만 실은 꽤 반가웠다. 조금 감격까지 한 내 모습은 차마 같이 앉지 못하고 그들만 프레임에 가두는 일에서 들통나버렸을 텐데 말이다.

이후 한동안 서점 앞 벤치에서 찍은 사진을 떠올릴 때마다, 나는 어떤 시절로부터 한 발자국도 나아가지 못했다는 사실이 또렷해지곤 했다.

이제는 그 사진을 조금 다르게 추억한다. 이듬해 여름, 글 쓰는 세 여자의 일상 팟캐스트 〈일기떨기〉*를 진행하는 우리가 되었으므로.

* '일기 쓰기'와 '수다 떨기'가 만나 탄생한 오디오 방송으로 편집자 윤소진, 소설가 천선란, 그리고 에세이스트이자 서점인 윤혜은이 함께 진행한다. 매회 각자 쓴 일기, 청취자의 일기로부터 대화의 여정이 시작된다. 어플 '팟빵'에서 청취 가능.

나만큼이나 사진 속 너희도 너무나 너희구나, 너희 각자구나. 처음과 달리, 마스크 위로 드러난 눈빛만 봐도 내가 읽을 수 있는 몇 개의 서사가 보인다. 그 사실은 내가 인생을 얼마나 순진하게 대했는지 깨닫게 해준다. 삶을 통제할 수 있다는 오만함, 인생을 다 알 것 같다는 착각을 자신감으로 오해한 채 카메라 촬영 버튼을 누른 내가 보기 좋게 우스워진다(셀프 조롱이 아닌, 안도하는 웃음이다). 자신감은 예측 가능한 미래에서 오는 게 아니라 알 수 없는 내일을 마주할 때 차오른다는 것을, 2년 넘게 〈일기떨기〉를 녹음하며 확인하고 있으니까.

해보지 않은 것, 그래서 잘 모르는 것. 팟캐스트는 우리 모두에게 그랬다. 라디오에 대한 향수라면 그럴듯한 추억을 몇 개 꺼내놓을 수 있지만, 어쨌든 누구 하나 팟캐스트를 즐겨 듣지 않았다. 다만 다른 두 멤버는 나보다 무엇이든 더 해볼 수 있는 사람이라는 점에서 우리는 3인 1각의 형태로 발을 내디딜 수 있었다. 관심이 생기면 움직이는 것이 아니라, 움직이면서 관심을 만들 수도 있다는 것을 나는 선란, 소진과 함께하면서 배웠다.

물론 팟캐스트에 대한 것은 아니었다. 그저 뒤늦게 엮인 서로를 향한 관심이었다. 글을 쓴다는 공통점만으로 우리 중 셋의 모양을 가장 먼저 상상한 선란의 제안은 돌이켜보면 참 허술했는데 어째서인지 소진과 나는 홀린 듯 수긍하고 말았다는 점에서도 그렇다(각자 써 온 일기를 읽고 밀린 안부를 묻듯 수다를 떠는 팟캐스트인데, 셋 중 일기를 쓰는 사람은 나뿐이었다). 뭐, 아무렴 어떠냐였다. 일기? 이제부터 쓰면 되지. 편집? 너무 욕심 내지 말자. 팔자에 없는 팟캐스터가 되기 위해 가장 필요한 부분이 생각보다 쉽게 충족되었기 때문이다. 바로 우리는 지금 서로 대화를 해보고 싶다는 것. 셋이 대화다운 대화를 나눠본 적은 없지만, 나에 대해 어디서부터 말해야 할지, 앞으로 얼마큼을 털어놓게 될지는 모르겠지만 너를 듣는 일은 얼마든지 환영한다는 묘한 분위기가 흘렀다. 우리가 결국 이러려고 만나졌나? 싶을 만큼 이상한 들뜸이었다.

우연한 첫 만남 이후 기회가 된다면 친해지고는 싶지만, 서서히 친구가 되는 번거로운 과정을 거치고 싶지 않았던 우리는 팟캐스트를 핑계로 2주에 한 번씩 보는 사이가 되었다. (이게 더 번거로운 일이 아니냐고 생각했다면, 맞다.)

〈일기떨기〉를 소개할 때마다 혹시라도 우정을 자랑하거나 과시하는 모양이 될까 봐 걱정이다. 하지만 한 번은 우리의 시작을 말하고 싶었다. 이 욕심이랄까, 오기는 뭘까 생각했다. 전시하고픈 마음으로 받아들이기에는 왠지 억울하고 또 그것만으로는 아쉬운 구석이 있다. 나는 아무리 생각해도 우리가 우정이되, 우정이기만 하지는 않다고 느끼기 때문이다. 우정은 각자였던 '개인'이 '함께'를 '경험하며' 만들어지는 건데, 〈일기떨기〉의 우정은 지극히 '나'로서 '너'를 '학습하는' 식으로 완성되어 갔으니까. 개인 마이크에 대고 이미 엔딩을 맞은, 그저 더는 누구도 끼어들 틈 없는 셋의 서사를 두 시간씩 흘려보낸 뒤 신속하게 자신의 일상으로 돌아갈 뿐이다. 이 이상의 사적인 만남은 필요 없다는 듯이. 〈일기떨기〉 초반의 회차들을 들어보면 오늘의 나를 탈탈 털어놓는 것 같지만, 실은 어떻게 지금의 내가 되었는지에 대한 무작위 소개에 더 가깝다. 멤버들의 듣는 자세도 내가 모르는 상대의 타임라인을 정리하고, 행간을 채집하는 데 집중한다. 그즈음 녹음을 마치고 돌아가면서 나는 종종 생각했다. 뒤늦게 서로의 존재를 새롭게 알아봤다 한들, 우리가 자연스레 친구가 되기는 어려웠을 수도 있겠다고. 그래서 외따로 있던 셋을 결속시킨 선란에게, 선뜻 함께해준 소진에게 새삼 고마운 밤이 많았다.

〈일기떨기〉는 대본이나 기획된 주제가 있는 방송이 아니기 때문에 부지불식간에 튀어나오는 '나'는 내가 누구인지 절대로 잊지 않게 한다. 심지어 무슨 말을 해야 할지 몰라 잠시 침묵하고 있을 때에도 '나'는 도드라진다. 쉼표 없이 말하거나 망설이는 순간은 단지 대화의 상태만을 의미하지 않으니까. 각각의 상태가 지속되는 지점은 어떤 사회나 세상을 대하는 내 방식을 은근히 드러내서 일기보다 대화를 통해 들키는 내가 훨씬 많다. 신기한 건, 상대도 마찬가지라는 점이다. 이건 일방적인 질의응답이나 인터뷰가 아니니까. 나와 다른 속도로 대화하는 상대도 끊임없이 들키고 있는 셈이다. 또 놀라운 건 우리 세 사람이 계속 그러하기를 원한다는 점이다.

우리가 친해질수록 '우리'가 아닌, 더욱더 '나'가 되어간다는 점은 아이러니하다. 그럼 이건 우리 각자가 〈일기떨기〉 이전의 나보다 〈일기떨기〉가 된 자신을 더 마음에 들어 한다고 봐도 될까? 팟캐스트가 핑계였던 만큼, 우리의 일기도 그저 수다를 위한 핑계가 돼버렸다. 실은 처음부터 예정된 운명이었다. 그래도 편집을 하며 같은 방송을 한 번씩 더 들어볼 때면 조금 놀랍다. (이번에도) 너무 우리끼리만 떠들었나, 뒤늦은 걱정이 무색하게 셋의 목소리가 섞일수록 우리의 이야기는 제법 들어줄 만한 것이 된다. 그건 각자가 어떤 일기를 가져온대도 '혼자라면 할 수 없을 이야기를 하게 만드는' 서로 덕분이다. 혼자 쓰는 일기가 나로 시작해 나를 거쳐 나로 끝난다면, 〈일기떨기〉에서 같이 읽는 일기는 출발은 같아도 최소 두 갈래의 타인을 거친 나를 만난다는 점에서 전혀 다른 일기가, 함께 쓴 일기가 된다.

누군가 남겨준 댓글을 기억한다.

"〈일기떨기〉를 들으면 저도 세 분의 테이블에 함께 앉아 있는 것 같아요."

그런 말들에서 이 시간을 지속해야 할 힌트를 얻는다. 듣다 보면 쓰고 싶고, 쓰다 보면 말하고 싶어지는 삶이 그들의 일상에도 함께하기를. 그렇게 셋 이상의 또 다른 우리가 되기를 바라면서.

이건 순전히 내 입장이라는 것을 밝혀둔다. 그리고 이제 와 고백하자면 우리의 방송은 이런 믿음을 주는 대화보다는 잡담에 가까운 시간이다. 그런 다음에 또 들어달라며 천연덕스러운 감사 인사를 남발하는 경우가 더 많다. 너그러운 청취자들이 우리의 시시콜콜한 일상을 예능으로, 때로는 교양으로 취급해주는 덕분에 2년째 마음껏 까불고 있을 뿐이다(그리고 청취자들의 일기를 끌어들임으로써 공범으로 만든다). 겨우 말을 나누는 것뿐이래도, 이 삶을 협업하고 있는 기분이 든다. 사실 누가 내 일상에 침투해 말씩이나 더해주는 게 쉬운 일은 아니니까. 그래서인지 이제는 괜한 말을 했다는 부끄러움보다(편집권이 나한테 있는데도!) 그 말을 더할 걸…… 하며 아쉬워한다.

〈일기떨기〉를 방송하면서 '사람은 바뀌지 않는다'는 말에 막연히 동의했던 시절과 서서히 멀어지고 있음을 느낀다. 그럼에도 나의 어떤 부분은 영영 변하지 않겠지, 변하려 하지 않겠지. 하지만 그 고집스러운 테두리 바깥에서 〈일기떨기〉의 소란스런 목소리가 들려오는 한, 나는 기꺼운 균열을 기다리는 마음으로 다음의 일기를 쓰고 있을 것 같다.

1부

이번 생엔 이렇게

살 수밖에

혼자는 정말 좋은데
혼자는 너무 외롭다

선란 일기

올해의 마지막 일기. 다시 말해 이십 대의 마지막 일기(라고 쓰지만 이 글을 퇴고하는 지금은 '만 나이 폐지'로 다시 스물아홉 살. 일주일 뒤에 서른이지만, 살다 보니 별일이 다 있다).

십 대의 마지막은 어떻게 마무리했는지 잠시 떠올려보니, 윽, 별로 재밌는 기억은 아니다. 성인이 되기 세 시간 전에 홍대입구역에서 친구들을 만나 거리를 배회하다가 자정이 되자마자 클럽에 갔다. 사람이 정말 많았고, 서로 부대끼며 술 냄새를 풍기던 그 끔찍한 기억. 노래 소리가 너무 커서 귀가 아팠는데 따지고 보면 이건 스물의 첫 기억인 거고 열아홉의 끝은, 그래, 길거리에서 클럽 줄을 섰구나. 시간을 돌릴 수 있다면 십 대의 마지막을 그곳에서 보내지 않을 텐데. 좋아하는 영화를 연달아 보며 집에서 엄마와 맥주를 마시는 건데. (이렇게 생각하며 일기를 퇴고하는 현시점, 이십 대의 마지막 날은 어떻게 보냈나…… 생각나지 않는다. 더 최악이다!)

내가 꿈꿨던, 혹은 그렇게 되리라 믿어 의심치 않았던 '이십 대의 나(정확히는 대학생의 나)'는 돌이켜 보면 정말 호그와트에 입학하는 것과 맞먹는 판타지였다.

하나, 내 대학 생활이 〈논스톱4〉*가 되리라 생각했다. 그런 로맨스와 학과 생활, 대외 활동 같은 것들.

또 하나, 나는 대학생 때 신춘문예에 당선된 걸출한 소설가

---

* 2003~2004년에 방영한 청춘 시트콤.

가 될 거라 정말로 믿었다. 그뿐만 아니라 내 이십 대에는 그 어떤 슬픔도 없을 거라고, 슬퍼봤자 며칠 지나면 금방 털고 일어날 정도일 뿐이라 생각했다. 아니, 믿었다. 굳게.

이 중에 현실이 된 게 있던가? 완전히는 아니지만, 또렷하게 떠오르는 것도 없지만 뭐…… 하나는 현실이 됐겠지. 절망적이지는 않다. 원래 로망이라는 건 다 깨지라고 있는 거니까.

어쨌거나 카운트다운을 외치고 성년이 되는 새해를 맞이하며 웃었을 때, 나는 대학교 복도와 화장실, 자취방에서 우는 날이 더 많을 대학생이 되리라는 것도, 엄마를 간병하느라 몸에 멍이 쉬지 않게 들 거라는 것도, 그렇게 살아달라고 빌던 순간을 잊고 어느 한 날은 엄마가 그때 죽었으면 더 좋았을 거라는 생각을 하게 되리라는 것도 모른 채 다가올 멋진 이십 대만 꿈꾸고 있었다.

대학생인 나는 좀 어리숙했고 지금처럼 성격이 불같았다. 아닌 건 아니라고 말해야만 속이 풀리는 나는, 그런 면에서 단체 생활에 최악이었다. 조금 더 솔직했다면, 힘들 때 도움을 요청할 줄 아는 용기가 있었다면, 속상하고 질투 나고 친해지고 싶고 더 깊은 관계가 되고 싶다는 걸 말할 수 있었다면 좋았을 텐데. 그때나 지금이나 나는 그런 걸 못한다. 아니, 그때는 안 하는 줄 알았는데 다시 생각해보니 못하는 거였다. 좋아하는 게 많아서 감정적인 면으로는 누구보다 솔직하고 풍성한 줄 알았는데, 좋아하는 게 많은 것과 표현하는 건 좀 다른가? 그래, 다를 수도 있겠다. 좋아하는 게 많은 건 그저 내 안에 담아두고 쌓아두고 간직하면 되지만 표현하는 건 꺼내야 하니까. 꺼내어 주는 걸, 어릴 때부터 못했던 것 같다.

뚜렷하게 떠오르는 일 중 하나는 언니가 먼저 못되게 굴었는데 도리어 내가 혼나는 상황이었다. 아홉 살인가, 열 살인가. 언니는 그때 좀 못된 구석이 있었는데, 내가 태어나서 엄마를 빼앗겼다고 생각했는지 중학생 때까지 나를 별로 좋아하지 않았다. 이건 언니도 인정하는 사실. 우린 안 친한 자매였다. 여하튼 그때도 언니가 내 말을 계속 무시했고 그러다 싸움이 붙었다. 분명 언니가 먼저 무시했고, 언니가 나를 때렸는데 나보고 사과하라는 그 억울한 상황을 어떻게 받아들여? 문제는 말을 하면 되는데, 억울하다고 하면 되는 걸 나는 혼나는 내내 꿋꿋이 입을 닫았고 그래서 손바닥 몇 대를 더 맞았고 끝내 사과하지 않았다. 그리고 혼자 화장실에 가서 울었다. 억울하고 분해도, 울음소리가 새어 나가지 않게 꾸역꾸역 물 담긴 대야에 눈물 떨구던 기억이 또렷하다. 이 고집이 꺾이지 않고 그대로 무럭무럭 자라 지금의 내가 되었달까.

좋은 사람들을 더 많이 만나게 될 거라고 믿었지만 이십 대의 나는 만남보다 많은 이별을 했고, 누구의 잘못도 없는 다툼을 했으며 그렇게 원망하는 사람들을 수없이 만들었다. 힘들다고 솔직하게 말할걸. 이 생각을 대학교 졸업할 즈음에 했다. 괜찮냐는 말들에 그냥 괜찮다 하고 다녔는데, 내가 힘들다고 말해봤자 저들이 해줄 수 있는 게 없고, 마음의 짐만 얹는 꼴이니 그냥 괜찮다고 하고 다녔는데 그러지 말 걸 그랬다. 힘든 걸 나눌 순 없지만 나의 힘듦을 알고 있다는 것만으로도, 내가 힘들지 않도록 바라고 있다는 것만으로도 위로가 된다는 사실을 그때는 몰랐다. 이제 와 다시 말하자면, 정말 힘들었어요. 대학 시절의 나는 돈이 없었고(밥을 잘 못 먹어서 영양실조가 한 번 왔고), 엄마가 아팠고, 잠을 제대로 잔 적이 없을 정도로요. 이만큼 힘든 상태니 내가 방황하고, 잘 끼지 못해도 좀 이해해줘요. 그 말을 했어야 했다. 물론 이건 후회다. 안다. 돌아가도 나는 못할 거다. 지금도 잘 못하니까. 그러니까 이 부분은 너무 깊게 후회 말자. 그랬으면 좋았겠지만 그러지 못했고, 지금도 그러는 걸, 뭐.

내가 꿈꿔왔던 이십 대가 무엇이었는지 기억도 하지 못한 채 밤낮없이 일하고, 매일같이 병원에 가고, 미래나 꿈보다 버티는 것이 중요해진 날들을 보냈다. 2호선을 빙글빙글 돌며 과외를 다니고, 7호선을 가로지르며 회사도 다녔다. 내가 꿈꿨던 건 하나도 이루지 못했다. 아주 멋진 이십 대를 만들 거라 다짐했던 스무 살의 첫해, 첫날, 첫 1분의 순간이 안쓰럽게도 나는 어디서나 이십 대가 삶의 가장 최악임을 말하는 사람이 되었다. 심지어 소설가가 되겠다는 나는 희미해지다 못해 흔적도 없이 사라진 상태였는데, 그게 아쉽다기보다 사치처럼 느껴졌다. 어쩌면 꿈이 멀어져서 다행이라고 생각했던 것 같기도 하다.

이십 대를 이렇게 보내면 안 되겠다고 생각한 건 이십 대 후반에 들어서였다. 후회와 포기에 무감각해진 내 등을 찰싹, 때리는 얼얼한 충격. 이러다 나중에 부모님을 원망하면 어쩌지? 모든 것이 내 선택이었지만 훗날 후회가 커져 이 모든 순간을 온통 다른 사람의 탓으로 돌리면 어쩌지? 그게 너무 무서웠다.

이쯤에서 전에 썼던 일기 하나 더.

'에스파는 둘이 될 수 없었지만 나는 둘도, 셋도, 넷도 될 수 있다. 이게 무슨 말이냐면 지나치게 하나의 나에 집중하지 않겠다고 다짐한 지 3년이 훌쩍 넘었다는 말이다. 여기서 말하는 하나의 나란 내가 가진 무수한 페르소나 중 하나만이 나라고 착각하는 것인데, 이를테면 몇 년 전까지 나는 행복하면 죄책감을 느끼는 딸이었다. (중략) 시간이 지나 소설가로서 활동하기 시작했을 때, 소설에 대한 평가에 지나치게 몰두한 시절도 있다. 그곳에서의 인정이 내 삶의 인정 같았던, 짧게 스친 순간인데 그때 불현듯 내 삶의 가치를 이 소설 따위에 전부 쏟아버릴까 봐 덜컥 겁이 났다. (중략) 언제나 최고의 성과를 낼 수 없다면, 최선을 다하지 않으면 창피해진다는 것. 열심히 한다고 모든 결과가 다 좋을 순 없지만 적어도 창피함을 피할 수 있다는 것. 그 하나만을 새기며 한 장, 한 장 아직 형체가 나오지 않은 한지를 덧바르고 있다.'

이런 생각을 앞서 말한 날 했다. 후회하지 않으려면 최선을 다해야 한다. 내가 꿈꾼 최고의 상태는 아니더라도 나는 매 순간 나의 행복을 위해 최선을 다해야만 한다. 한 장, 한 장 정성스럽게.

간병을 하며 힘들게 버텼다고 생각했고 그게 맞았지만, 결과적으로 나뿐만 아니라 아빠와 언니, 그리고 당사자인 엄마까지도 버텼다는 걸 이제 안다. 서로가 같은 힘으로 버텼기 때문에 무너지지 않을 수 있었다. 쉼 없이 운 덕분에 나는 숨죽여 우는 것이 무엇인지, 사람이 바닥을 칠 때 나는 소리가 어떤 건지 알게 되었다. 나는 그것들을 엮어 글을 쓰는 소설가가 되었다.

이십 대는 내게 정말 최악이었지만, 다시 돌아가고 싶지 않은 시절이지만 삭제하고 싶은 시절은 아니다. 나는 그 모든 것들을 끌어안고 삼십 대가 될 것이다. 삼십 대에도 생각하지 못하는 문제에 직면해 상처받고 좌절하고 또 다른 최악을 경험할 수도 있지만 괜찮다. 나는 이십 대의 나를 견뎠으니까. 그런 의미로 이십 대의 나에게 수고했다고 말해주고 가련다.

**

혜은 나는 나로 사는 것이 너무 지겹다고 하면서도 스스로에 대해 이야기하기를 멈추지 못하는 사람이다. 달리 말하면 그건 내가 아직 나에게 완전히 질려버리지는 않았다는 뜻이다. 어차피 이번 생엔 나로밖에 살 수 없지만, 그 시간을 완전한 체념으로 견디는 것이 아니라 기대하며 바라볼 수 있는 구석이 한 톨쯤은 남아 있으리란 희망이기도 하다.

소진 스물아홉 생일이 고요히 지나가고 있다. 이미 자정
이 넘었다. 지하철에서 생일을 맞이한 셈이다. 생일
직전에 카카오톡을 탈퇴하고 다시 가입해서 등록된 친구가 서
른 명 안팎이다. 한 선생님은 그게 다 늙어가는 증거라고 했다.
타인의 시선 때문에 내 일상을 그럴싸하게 꾸미는 일에 더는 마
음이 가지 않는다. 이십 대의 마지막, 팔로워가 없는 지금의 내
가 가장 마음에 드는 걸 보니 일단 만족이다. 서른에는 가뿐하
고 소박하게 살고 싶다.

나쁜 일이 생기면
케이크를 사서 초를 불어

소진 제 친구들은 서로에게 안 좋은 일이 생기면 케이크를 사서 초를 부는 의식을 치러요. 다시 태어난 날을 기념하는 셈이죠. 여러분은 힘들 때 어떤 걸로 위로를 받는지?

선란 상황마다 다르지 않나요? 어떤 힘듦인지에 따라. 진짜 어렵다. 왜냐하면 저는 딱히 안 해요. 그러니까 일상적으로 유지되는 것들이 흐트러지는 걸 싫어해서 어느 순간 내가 힘들다고 탁 놔버리는 일을 잘 안 하는 편이기는 하거든요.

혜은 선란은 흐트러지거나 무너지려 하지 않는 거죠? 그게 더 힘드니까요. 무너졌을 때 내가 미뤄둔 것들을 어쨌든 내가 다 다시 조립해서 세워야 되는데. 그러느니 그냥 이 악물고 가버리는 게 낫다고 생각하는 거 아닐까요?

선란 네. 그래서 힘든 걸 힘들다고 받아들이지 않는 것도 있고요. 웬만한 것들을 참고 견디는 게 좀 크거든요. 미팅을 하면 늘 듣는 말 중 하나가 인물들이 다 잘 참고 잘 이겨내고 감정의 격양이 별로 없고 욕망이 크지 않은 것 같다는 거예요. 물론 이게 소설에서는 잘된 일일지 몰라도 다른 매체에 갔을 때는 그게 캐릭터니까. 그런 얘기를 들으면서 속으로 생각한 게 '어떻게 여기서 더 감정이 격해질 수가 있지?'였어요. 그러니까 저는 이미 인물들의 감정이 폭발하고 있다고 생각했는데 타인이 읽을 때는 안 그런 거예요. 곰곰이 생각해보니까 제가 어떤 감정 앞에서 크게 동요하지 않고, 그것 때문에 길에서 소리를 지른다거나, 뭐 쓰러진다거나 이런 액션을 취하지 않으니 그런 캐릭터가 안 나오는구나 싶어요. 그래서 요즘에는 '망가져볼까?' 이 생각을 많이 해요. 뭔가 욕망하고 집착하는 인물의 심리⋯⋯ 아 이거 좀 위험한가? 그런 생각 때문인지 위로를 주제로 한 질문이 저는 제일 어려웠어요. 위로하는 시간을 가지면 그걸로 된다는 느낌 정도만 있어서요.

소진 저도 이건 두 분이랑 비슷해요. 그냥 불안해하지 뭐, 이런 식으로 넘어가는 편이에요. 내가 굳이 이 상황에 이 마음을 짚고 넘어가야 되나 싶기도 하고요. 사실 케이크 초를 분다고 해서 다시 태어날 수 없잖아요. 그 문제가 연기와 함께 사라지는 것도 아니고. 근데 옅어는 지더라고요.

혜은 전 그 행위 자체가 너무 사랑스러워요. 다시 태어났다는 말도 너의 힘든 일이 지나갈 거라는 위로잖아요. 어떻게 이런 깜찍한 말을 해?

선란 영화의 한 장면으로 찍고 싶다.

소진 한번은 애들한테 말하기 좀 민망해서 혼자 케이크를 산 적도 있어요. 조각 케이크를.

혜은 '다시 태어난 날' 기념을 혼자 해보고 싶어서?

소진 근데 초를 켜기도 전에, 케이크를 사러 들어가는 순간부터 '뭐야! 나 어른이잖아?'라는 생각이 드는 거예요. 체크카드에 돈이 없어도 신용카드로 케이크를 살 수 있는 나의 재정 상태, 자본의 맛. 근데 또 좀 큰 걸 사서 식구들이랑 나눠 먹었으면 좋았을 텐데 방에서 혼자 퍼먹는 나를 보며 '아⋯⋯ 나 아직 어른 아닌가?' 싶었죠.

혜은 조각 케이크를 어떻게 나눠 먹어! 홀 케이크가 아닌데! 나의 기분이니까 홀 케이크를 살 필요는 없지. 가족의 기분이라면 엄마 한 조각, 아빠 한 조각. 근데 내 기분을 위해 산 거잖아⋯⋯. 마찬가지로 저도 스스로 위로를 잘하는 편은 아니에요. 위로의 시간이었다는 생각이 들면 그건 다 타인으로부터 왔던 것 같아요. 제가 최근에 친구랑 한 해를 돌아보면서, 어떤 일이 행복했고 어떤 일이 슬펐냐는 얘기를 나눴어요. 그런데 그 친구가 올해는 행복한 기억이 별로 없는데 있다면 다 너랑 함께한 순간들이라고 했어요.

선란   그거 프러포즈 아니에요?

혜은   그래서 '이야…… 내가 누군가의 행복에 기여하는 사람으로 한 해를 보냈구나?' 싶고 그게 저한테 너무 위안이 된 거예요. 물론 특정한 상황에 반드시 필요한 위로도 있지만, 보통의 날들에서 타인이 전해준 마음이 제가 인지하지 못했던 외로움이나 아픔들을 일괄 치료해주는 느낌이 또 있는 것 같더라고요. 그래서 위로를 잘 받는 거, 저는 되게 중요하다고 생각해요.

선란   저도 올해 행복했던 순간 중에 여러분이 있는 것 같아요. 이 팟캐스트가 조금 특별했고요. 사실은 회사나 대학교를 졸업한 이후에는 누군가와 긴밀하게 연락해서 주기적으로 만나고 일을 한다는 게 없었거든요. 그래서 항상 '나는 왜 이렇게 인간관계를 못할까?' 생각도 하고 휘발성 만남도 많았는데, 이런 무리가 생기고 또 내가 좋아하고 나와 비슷한 사람들끼리 수다를 떠는 게 남달라요. 뭐랄까? 관계에 대한 그간의 고민들이 많이 풀어지고 '나 이렇게 좋은 사람들이랑 여러 얘기를 할 수 있는 성인이구나!' 싶어요.

소진 저도 회사 동료들이 두 분이랑 팟캐스트 하는 걸 아시거든요. 아마 듣지는 않으실 거예요. 다들 그럼 작가들이랑 하는 거냐고 엄청 신기해하시더라고요. 근데 코너명은 얘기 안 했어. 들을까 봐. 내가 회사 욕한 게 있고 그러면 안 되니까.

선란 했었나?

소진 했겠지, 뭐. 지금 했나?

선란 어, 그래 3초 전에도 했다.

소진 (웃음) 제가 또 〈일기떨기〉에 집착하잖아요. 맨날 우리 방송 끝나면 댓글 달아주시는 공중옆돌기 님이 가끔 안 달 때가 있어요. 그러면 혜은한테 "우리 이제 싫어하시는 거아니에요? 지난 회차 때 뭐 실수했나?" 계속 물어봐요.

선란 티는 안 내지만 댓글을 반복해서 읽고요.

소진 진짜 복음처럼 읽어요.

글 쓰는
동료들

소진   혹시 두 분은 특정 작가의 행보에 위안을 받으신 적 있으
          신가요?

선란   박서련 작가님. 할 말 너무 많죠. 제가 진짜 팬이거든요.
          《체공녀 강주룡》을 읽고 울었어요. 너무 좋아서. 이후로
          작가님의 모든 책을 다 읽었고요. 《마르타의 일》은 마지
          막 문장이 대박이에요. 진짜 잘 쓰셔서 행복했어요. 아,
          이렇게 푹 빠져서 읽을 수 있는 작가님이 있다니. 한번은
          심너울 작가님이랑 박서련 작가님이 작업실에 오셨어요.
          근데 하필 그날 제가 앞뒤로 일이 있어서 아주 잠깐의 시
          간밖에 낼 수 없는 거예요. 헐레벌떡 달려가서 악수 청하
          면서 사인 받았는데 행복했어요. 《체공녀 강주룡》은 읽
          다가 '이 사람 뭐지?'라는 생각이 들 정도로 재밌어요. 실
          제로 그 시절에 사신 것 같아요. 제가 봤던 책을 또 보는
          경우가 거의 없거든요. 박서련 작가님 책은 같은 부분을
          몇 번씩 다시 돌려봤어요. 소진도 박서련 작가님을 통해
          위로를 받았나요?

소진 그럼요. 작가님이 저희 또래잖아요. 읽으면서 계속 '이렇게 잘 쓰는 사람이 어디서 나타났지?'라는 생각밖에 안 들었어요. 그래서 만나고 싶지가 않아요.

혜은 너무 이해해요. 덕심이 크면 그냥 그곳에 모셔두고 싶잖아. 나는 여기에만 존재하고 싶고.

선란 맞아요! 제가 정세랑 작가님의 존재를 얼마나 피해 다녔다고요. 그리고 최근엔 박상영 작가님을 덕질하고 있어요. 이건 진짜 덕질이에요. 저는 좀 굵직굵직하게 한 작품을 팔 때가 있거든요? 그 작가의 전작을 다 사랑할 수도 있겠지만 그것보다는 어떤 한 소설을 사랑할 때가 있어요. 고등학교 때는 천명관 작가님의 《고래》를 좋아했고요. 그 흡인력이 충격이었어요. 문장 하나하나에 모든 복선이 다 깔려 있잖아요. 그때 '아! 이게 소설이구나!' 느꼈어요. 그다음에 정유정 작가님의 《7년의 밤》. 그때는 장르적인 요소가 섞인 장편소설이 많이 없었어요. 근데 장르의 색이 짙은데도 너무 잘 쓰는 거예요. 밀도가 꽉꽉 차 있는 문장에 감동받았어요. 그렇게 어떤 충격이 팍팍 꽂힐 때가 있는데, 박상영 작가님의 《1차원이 되고 싶어》가 딱 그래요. 이 책 읽고 싶어서 일하고 싶지 않았어요. 새벽 두세 시까지 읽다가 억지로 덮고 자는 경험을 너무 오랜만에 했죠.

혜은 저는 윤이형 소설가님 너무 좋아해요. 윤이형 소설가님 그리고 박완서 선생님은 읽을수록 닮고 싶다는 생각을 하게 돼요. 두 분 다 더는 새 작품을 볼 수 없다는 게 아쉽기도 하고. 근데 다행히 두 분이 정말 다작하셨기 때문에 제가 못 읽은 게 아직 남아 있어요. 그걸 새로 발견할 때마다 존경스럽고, 계속 쓰는 사람으로 남고 싶은 마음을 다잡게 되기도 해요. 저렇게 쓰시는 분들의 삶을 아주 끄트머리로나마 따라가고 싶다는 생각이 들어서.

선란 소설은 그런 면이 있는 것 같아요. 저도 해외 작가들, 이미 돌아가신 분들의 글을 접할 때 그 생각을 해요. 소설은 살아 숨 쉬고 있구나. 지금 덕질하는 얘기를 너무 했는데 사실 이 질문에 대한 대답 따로 생각해둔 게 있거든요.
저는 동료 작가로부터 위안을 많이 받아요. 가끔 소설을 쓰다 보면 내가 멈춰 있는 느낌이 들 때가 있어요. 그러니까 '나는 이런 것밖에 못 쓰나? 내 최선은 이건가?' 하는. 이때 같이 일하는 작가님들이랑 그런 얘기를 해요. 다들 쓰는 방향이 다르니까. 예를 들어 김초엽 작가님이 "저 다음에는 선란 작가님처럼 써보고 싶어요"라는 얘기도 해주시고. 그러면 저는 이런 분야에 대해 더 공부해서 이런

36

걸 써보고 싶다고 아무렇지 않게 말하는데 그게 진짜 위안이 돼요. 마치 이게 나의 한계처럼 느껴지지만 사실 그렇지가 않구나, 우리는 계속 발전해갈 수 있는 무궁무진한 사람들이구나, 라는 안도감을 받아요.

혜은 나한테 올 희망이나 가능성 같은 것들을 스스로 생각하는 힘이 너무 필요하죠. 어쨌든 살아야 되니까. 계속 살아야 되잖아요.

소진 다가올 희망에 기대어보자면 여러분은 어떤 사람이 되고 싶은가요? 저는 산뜻한 사람이고 싶어요. 그러니까 뭔가 인위적인 그런 거 말고 내 마음도 산뜻하고 같이 있는 사람들도 산뜻하게 만들어줄 수 있는 사람이요!

선란 산뜻한 거 너무 어렵다.

혜은 어렵지만 저도 소진과 마찬가지로, 사람들이랑 얘기할 때 "산뜻한 사람이 되고 싶어요" "산뜻한 글을 쓰고 싶어요"라고 말하거든요. 저는 기저에 깔린 우울을 알고 있고, 가끔은 그 감정에 잘 고이기도 해요. 이제는 그런 제가 익숙해서 나름대로 잘 통제한다고 생각하지만 바깥으로 드러날 때가 있죠. 평소에는 대체로 명랑한데, 제 안에는 그대척점에 있는 감정도 너무 크거든요. 그걸 들키고 싶지 않기도 하고요. 그래서 부정적인 감정을 잘 쳐내려고 노력하고, 차분한 시간을 갖되 너무 가라앉아 있지는 않으려고 해요.

소진　아, 저는 약간 다를 수 있는데, 요즘 제가 심취해 있는 게 옷을 잘 입고 싶다는 거예요. 원래 소비를 즐기는 편은 아니에요. 그런데 어느 날 문득 목까지 올라오는 민트색 스웨터를 입은 여자가 슥 지나가는데, 너무 산뜻한 거예요. 그러니까 제가 갑자기 패션피플이 되고 싶다는 게 아니라 내가 어떤 색깔의 옷을 좋아하는지, 어떤 소재를 원하는지 알고 싶어요. 뭔가를 선택함에 있어서 규정하지 않고 직관적으로 고르고 그걸 산뜻하게 소화할 수 있는 그런 사람이 되고 싶은 거예요.

혜은　바로 성취할 수 있는 목표를 정하는 일도 너무 좋은 것 같아요.

선란　전 확실해요. 올해는 제발 계단을 밟고 올라가고 싶어요.

혜은　자, 어디까지. 천상계?

소진   천국의 계단을 가시겠다?

선란   아니 성장! 뭔가를 했을 때 '내가 이거를 했다'의 뿌듯함이 '성장했다'로 이어질 수 있는 계단이요. 새로운 분야에 계속 도전하는 거죠. 예를 들어 제가 한 번도 해본 적 없는 스토리 있잖아요. 아직 써보지 않았지만 정통 추리 소설이라든가. 도전해보지 않았는데 했을 때에는 성장할 수 있는 걸 한 해에 무조건 하나는 해야겠다 싶어요.

혜은   이해했어요. 잘하는 것은 계속 잘할 테니, 새로운 것에서도 성취감을 느낄 수 있는 사람이 되고 싶은 거죠?

선란   전 산뜻하긴 글렀어요.

혜은   저도. 그냥 새해에도 계속 쓰는 사람이 되고 싶어요. 변함없이.

소진   그래요? 그거면 됐죠.

마음에 품고 사는
섬이 하나 있어요

소진 일기

다시 이 섬에 오기까지 꼬박 5년이 걸렸다. 수원에서 완도까지 일곱 시간, 배를 타고 입도하기까지는 50분. 대기 시간을 합치면 집에서 나와 섬에 도착하기까지 열 시간이 걸리는 셈이다. 지난 5년간 아주 조금이라도 마음이 가는 사람을 만나면 어김없이 청산도 얘기를 꺼냈다. "마음에 품고 사는 섬이 하나 있어요. 완도에서 한 시간가량 배를 타고 들어가면 나오는 곳인데, 봄에는 유채꽃이 가을에는 코스모스가 유명해요. 저는 늘 그 시기를 피해서 가지만."

섬을 좋아하는 이유 중 하나는 그리운 이름을 마음껏 소리 내어 부를 수 있기 때문이다. 그 사람, 전 애인, 그, 내가 만났던 사람처럼 3인칭으로 에둘러 말하는 게 아니라 서서히 낯설게 느껴지는 이름을 꾹꾹 눌러 부르는 것. 5년 전, 스물셋의 나는 어떤 마음으로 세상에서 가장 느린 섬으로 도망쳤던 걸까. 그때는 막연히 나를 아는 이도, 그를 아는 이도 없는 곳에 가서 그 이름을 실컷 부르고 오려고 했다. 날이 좋으면 바다 건너 제주가 보이는 범바위 위에서, 200년 된 소나무가 있는 지리해수욕장에서, 영화 〈서편제〉에서 유봉과 송화 그리고 동호 이렇게 세 사람이 〈진도 아리랑〉을 부르던 돌담길에서도 나는 지독하게 한 사람의 이름을 불렀다. 그날 이후, 누군가 그리운 날이면 섬 하나를 떠올리게 되었고, 더는 내 마음을 아무렇게나 팽개치지 않았다.

5년 전 나는 가을과 겨울 각각 2박 3일 동안 청산도에 머물

렀다. 처음에는 친구와의 가을 여행이었고, 그다음은 잡지 취재차 입도했다. 주간지 〈대학내일〉 인턴 마지막 기획 아이템이 바로 여기, 청산도였다. 그때 취재한 곳 중 하나가 신흥해수욕장이 바로 보이는 작고 예쁜 '카페 마르'였는데, 가구를 만드는 딸의 엄마 사랑이 그득한 그곳은 서울에서는 절대 마주할 수 없는 풍경과 고요가 있었다. 추석 연휴를 맞아 나와 친구들은 카페 사장님이 운영하는 '섬이랑 나랑' 게스트하우스의 청향이라는 독채에서 3박 4일을 보냈다. 첫날 아침, 카푸치노를 주문한 뒤 사장님께 5년 전에 취재 왔던 기자인데 기억하시느냐고 물었다. 사장님은 가게 벽 한쪽에 붙여놓은 당시의 기사를 보여주면서 카페에서 가장 잘 보이는 곳에 놓고 틈이 날 때마다 읽는다고 하셨다. 그때 그 이쁜이가 이렇게 더 예뻐졌냐고, 그때는 긴 머리였던 것 같은데 머리는 언제 또 잘랐냐고 하면서 작은 손주 녀석, 리코더로 에델바이스를 구슬프게 연주하던 그 아이가 추석을 맞아 와 있다며 소개해주셨다. 고작 5년이 지났을 뿐인데, 키가 내 허리춤에 오던 아이는 중학교 2학년이 되었고 소년의 키는 백팔십이 넘는다고 했다.

"왜 이렇게 오래 걸렸는지 모르겠어요. 여기 오려면 바다를 건너긴 하지만 이국의 땅도 아니고, 생활을 다 뒤로해야 할 만큼 돈이 많이 드는 것도 아닌데 말이에요."

"다, 마음이 문제지. 마음이 가장 어려운 일이니까."

이곳을 다시 찾는 데 너무 오래 걸려 속상했단 내 말에 사장님은 다 안다는 얼굴로 다음에 또 오라고, 그때는 밑반찬을 더 챙겨주겠다고 하셨다. 그날 밤, 영영 그리워할 거라 여겼던 사람이 아닌, 다른 이의 얼굴과 이름이 머릿속에서 떠나지 않았다. 하지만 그 얄궂은 마음이 더는 가련하게 느껴지지 않았다. 그저 섬은, 누군가를 그리워하기에 알맞은 곳이구나. 그렇게 다른 사람을 그리워하면서 다시 살아가는 곳이라는 걸 알게 되었다. 그리고 어쩌면 인생은 그리움에서 그리움으로 넘어가는 과정이라는 것까지도.

가을과 겨울 그리고 다시 가을. 청산도에는 총 세 번을 입도했고 그때마다 걸어서 어디든 갈 수 있는 섬이 꼭 내 것처럼 느껴졌다. 해마다 제주에 가는 친구들을 보며 거긴 너무 크고 복잡해서 어렵다고 했던 나는 청산도에서만큼은 길을 잃을 염려 없이 마음껏 걷고 또 걸었다. 충분히 걸었고, 많이 보았다고 생각했는데 이번에 처음으로 목섬, 새목아지 섬을 가게 되었다. 그리움에서 그리움으로 넘어가기 전에 섬에서 다시 섬을 가는 길. 길이 있으면 못 갈 곳이 있겠느냐는 친구들과 함께 바다와 절벽을 이루는 그곳으로 이동했다.

섬에서 섬을 바라보는 풍경은 더는 다다를 데가 없다는 점에서 묘한 안정감을 주었다. 청산도에 들어왔을 때부터 섬의 끝자락에 와 있다고 생각했는데 다시 걷기 시작하자 새로운 끝이 있었다. 자주 오가던 골목에 건물이 들어서고, 나중에 다시 찾으려고 했던 카페가 사라지는 것과는 사뭇 달랐다. 어제도 분명 있었을 길이 처음으로 눈에 들어오기 시작한다는 것은 내가 미처 살피지 못한 이들의 마음을 헤아리게 만들었다. 그러고 나자 나는 섬에 그리워하러 온 게 아니라 누군가를 더 깊이 좋아하기 위해 왔다는 걸 알게 되었다.

우리가 머무는 흙집으로 돌아와 팬에 섬 가지를 구웠다. 도시에서 본 가지보다 길이가 짧고 뭉툭한 게 어쩐지 둔해 보이기까지 한 가지를 댕강댕강 잘라 소금 간을 살짝, 그 위에 후추를 뿌린 후에 저녁을 먹었다. 가열된 팬에 가지도 굽고, 새송이버섯도 굽고, 어제저녁에 먹다 남은 토마토도 구웠더니 내내 허했던 속이 은근하게 데워지는 느낌이었다. 이렇듯 섬에 몇 번 오가는 것만으로도 나의 일상은 한결 더 가뿐해진다. 가리는 것 없이 넉넉해지는 마음이 금세 또 빈곤해진다는 것을 알고 있음에도 잠시 마음을 둘 곳이 있다는 것만으로도 온전해졌다.

**

선란 ┊ 의자 끝에 불편하게 몸을 걸치고, 침대에 앉아 잠을 자고, 질문에 답을 내리지 못하면 왔던 길을 계속 돌아가는 나를 느낀 이후로 내가 바짝 긴장한 채 살고 있다는 생각을 지울 수 없다. 아마 맞을 것이다. 언제쯤 여유를 부릴 수 있을까. 물론 당장 몸에 힘을 빼고 살고 싶은 생각은 없다. 닥쳐온 일에, 벌어진 일에, 두려운 일에 대담하게 대처하는 성격이라 생각했는데, 경위를 따지고 보면 긴장할 대로 긴장하며 준비한 시간들이 먼저여서일까. 결과에는 도통 에너지를 쓸 기력이 없는 것 같기도 하다. 근 몇 개월간 일기를 잘 써왔는데 3개월은 일기를 통으로 쓰지 못하고. 그냥 빨리 여름이나 왔으면 좋겠다.

혜은　소진을 필두로 후배들과 함께 하동 여행을 다녀와 블로그에 이런 쪽 일기들을 남겼다.

　　1. 지금 나는 확실히 우연한 가능성에 기대는 삶을 살고 있다. 실패하는 여행이 있을 수 있다니, 그런 나를 신기해하던 얼굴들이 생각난다. 어떤 여행은 아무리 시간이 지나도 여전히 실패의 감각으로 남아 있지만, 그래도 앞으로는 아닐 것 같단 예감이 든다.

　　2. 고속 버스에서 한참 자다 깼을 때는 노을과 달이 짧은 텀을 두고 하늘에 연달아 등장해서 좋았다. 왠지 모르게 모든 것을 낙관하는 심정이 되어서, 정말 좋은 생각만 했다.

　　3. 이번 여행기의 제목은 '장래희망은 하동'으로 지었다. 이 여행의 끝에서, 나로 하여금 간병일기를 쓰게 만든 엄마에게 당신과 함께하는 장래로 하동 소식을 전했으니, 엄마가 아팠을지

도 모를 밤에 내가 좀 즐거웠더래도 괜찮겠지. 다짐했던 장래는 조금 아득해도 희망은 해볼 수 있겠지.

그곳에 가서
그리워야겠다

소진 오래됐다고 생각을 안 했는데 섬을 다시 온 게 5년 만이
더라고요. 섬은 어제랑 똑같은 얼굴이었어요. 어쩌면 저
도 그때 마음 그대로였던 것 같고요.

선란 SNS에 청산도 사진 많이 올렸잖아요. 진짜 너무 부러웠
거든요.

혜은 말한 것처럼 마음을 편안하게 해주는 그런 여행이었을
것 같아요. 이 섬을 처음 알게 됐어요. 소진 덕분에.

소진 청산도는 완도에서 배를 타고 한 시간 가면 있는 곳인데
요. 모르겠어요. 막연히 그리운 마음이 들면 이곳이 생각
나요. 누군가를 그리워하는 게 너무 힘들 땐 그냥 이 섬을
생각하자, 하고 섬에 갔던 사진을 다시 보곤 하고요. 두
분한테도 그리울 때 생각나는 장소가 있을까요?

혜은 장소로서 제가 그리워하는 곳은 독일인데, 혼자서 가장 오래 머문 나라였거든요. 그중에서도 드레스덴이라고, 독일 남부 도시가 있어요. 베를린에서 머물 때 너무 힘들었던 기억을 드레스덴에 가서 많이 해소했다고 해야 되나? 마음을 말려주는 느낌을 받은 도시여서 그리워하는 장소 중 하나예요. 여전히 현생에서의 어떤 시기에 기운이 떨어지거나 힘들 때 드레스덴을 생각해요.

소진 선란도 먼 곳을 그리워하곤 하잖아요.

선란 이 얘기를 하면서 두 군데가 생각났어요. 하나는 정말 사람이 그리울 때인데, 제가 인천과 서울 지역을 왔다 갔다 하면서 살았어요. 경기도 포함해서요. 초등학교 1학년 하반기랑 3학년 1학기까지 광명시 하안동에서 살았는데, 외가댁이에요. 주택 단지였고 할머니가 3층에, 저희 가족이 2층에서 살았어요. 저는 그 동네에 2년밖에 안 살았는데도 주택 단지를 휘젓고 다니거나 저수지에서 올챙이 서른 마리씩 잡고 놀았던 기억과 가끔씩 할머니 집에서 낮잠을 자면 들리던 할머니랑 엄마랑 고스톱 치는 소리, 뭐 삶아 먹는 소리, 이런 것들이 떠올라서 그 동네만 가면 이상하게 슬프기도 하고 차분해지기도 하고 그래요.

혜은 애틋한 추억인가 봐요.

선란 할머니가 돌아가셨을 때 장례를 치르고 영정 사진을 들고 동네를 걸어가는데, 그 동네가 오래되다 보니 이웃분들이 할머니랑 아는 사이일 거 아니에요. 근데 돌아가셨다는 소식을 못 들으셨나 봐요. 할머니 영정 사진을 보고 거리에서 고추 말리던 할머니, 빗자루 쓸던 냉면집 아저씨, 자동차 닦던 할아버지가 한숨을 푹 쉬었어요. 너무 유난스럽지 않은 인사였어요. 할머니 영정 사진을 응시하다 가만 눈을 감으시는. 그렇게 담담하게 받아들여지는 분위기까지도 유독 그 동네만 저한테는 다른 차원의 세상처럼 느껴지게 만들어요.

혜은 〈응답하라 1988〉 드라마처럼 정겹고, 복닥복닥하고, 서로 숟가락 몇 개 있는지 알고, 누군가의 생활이 곧 나의 삶이기도 한 그런 동네가 선란이 보낸 유년의 한 풍경이지 않았나 싶어요.

선란 맞아요. 아주 선명한 유년이에요. 돌아가고 싶은. 그리고 또 하나는 멀리 뉴욕에 있는 메트로폴리탄 박물관이에요. 제가 처음 뉴욕 갈 때 정말 고단했거든요. 3월이었는데, 그 3월에 100년 만에 한파가 온 거예요, 뉴욕에. 봄옷

챙겨 갔는데 너무 추워요. 다 껴입어도 춥고, 옷을 사고 싶은데 그때는 돈이 더 없으니까 절대 못 사고. 대중교통도 무서워서 못 타겠는 거예요. 뉴욕 지하철 있잖아요. 정말 생쥐가 돌아다녀요. 이런 이유로 하루에 삼사 만 보씩 걸어 다녀서 결국 무릎이 나갔어요. 지금도 비가 오면 쑤시죠.

뉴욕에 가고 싶은 가장 큰 이유는 메트로폴리탄에 있는 반 고흐 자화상을 보고 싶었어요. 너무 유명한 그림인데, 한 번도 실제로 못 봤다고 생각하니까 나도 한 번쯤 봐야겠다 싶은 객기였어요. 근데 메트로폴리탄이 너무 넓어서 처음 갔을 때는 못 찾았어요. 시간이 없어서 한 구역만 둘러보고 나왔죠. 그러다가 일주일 여정의 마지막 날이었어요. 공항에 가기까지 여섯 시간 정도가 남은 시점이었고, 비가 내리고 있었어요. 그때 웬만하면 쳐다보지 않던 사람들이 키 작은 여자애가 자기 몸만 한 캐리어를 끌고 비 맞으면서 가니까 다 쳐다보는 거예요. 근데 너무 힘들어서 한국어로 "뭘 봐? 뭘 보는 거야? 왜 보는 거야?" 이러면서 막 돌아다녔거든요. 돈 박박 긁어모아 온 뉴욕에서 고생하고 있는 스스로가 불쌍하기도 했어요. 세상은 정말 크고 나는 작고 하찮다는 걸 느꼈거든요, 매 순간. 카페에 앉아서 '나는 이제 못하겠다, 여섯 시간 동안 카페에나 있다가 공항 가야지.' 이 생각을 하고 있었는데 갑자기 너무 아까운 거예요. 언제 다시 올지 모르니까. 그래서 캐리어를 급하게 짐 보관소에 맡기고, 남은 돈 다 끌어서 처음 택시를 탔어요, 마지막 날에. 그렇게 메트로폴리탄 폐장 직전에 들어가서 반 고흐만 찾아다녔어요.

혜은   자화상만 찾는 거지, 이제.

선란   진짜. 미로 수준이거든요. 거기를 막 뛰어다니면서 못하는 영어로 경호원분들한테 이거 어디 있냐고 물어봐서 갔는데, 반 고흐 자화상은 투명한 액자에 담겨서 허공에 있거든요. 가운데 딱. 그 아저씨를 보자마자 갑자기 눈물이 나는 거예요. 너무 힘든 때였고 돈도 없을 시기라. 하염없이 보고 있는데 어이가 없는 거죠. '왜 이분은 지구 반대편에 있지? 왜 이 사람 얼굴 보려고 이렇게 힘들게 와야 됐지?' 하면서 다음에 언제 올지 모르겠지만, 또 올 때는 반드시 내가 쓴 소설책을 들고 오겠다는 약속을 했어요. 그렇게 한국에 돌아왔고, 《무너진 다리》가 나왔고, 그다음에 다시 찾아갔어요. 3년 만이었나. 기분이 좀 이상한 거예요. 그림도 달라 보이고. 그때는 엄청 슬퍼 보였는데 지금은 괜찮은 것 같아요. 그게 《천 개의 파랑》을 쓸까 말까 한참 고민할 때였거든요. 반 고흐의 자화상을 보면서 다시 말해요.

"소설 하나를 더 써서 공모전에 투고할 건데 반드시 돼서 또 오겠다"라고. 그리고 《천 개의 파랑》이 나왔어요. 다시 가야 되는데 못 가고 있어요. 저를 기다리고 있으실 텐데⋯⋯.

서서히 낯설게 느껴지는
이름

혜은   그리울 때 생각나는 사람도 얘기해보면 좋을 것 같아요. 마침 소진의 일기도 누군가를 그리워하러 갔다가 뜻밖의 위로를 받고 돌아온 거잖아요. 그리워하는 사람들에 대해 각자의 추억을 들려주면 어떨까요.

선란   가장 친했고 가장 많이 불렀던 그리고 가장 오래 생각했던 이름이 멀어지는 게 흔치 않잖아요.

소진   그게 무섭기도 하더라고요.

혜은   그런 이름들일수록 멀어지는 건 필연적으로 아픔을 동반할 테니까.

소진   처음 청산도에 갔던 때가 스물셋이었어요. 첫 연애가 끝난 직후였는데 지금 생각해보면 거의 반쯤 미쳐 있었어요. 스무 살 봄부터 3년간 만난 첫 남자친구. 지금 생각하면 정말 많이 좋아했는데 어떤 게 좋아하는 건지 잘 몰랐고, 늘 많이 헤맸던 것 같아요. 괜한 질투심 같은 거나 유

발하려고 하고요. 그때는 좋아하는 마음을 지키는 방법
을 몰랐어요.

혜은 서툴죠. 그때는 뭘 좋아하는지도 잘 모르고 내 마음을 표
현하는 게 성숙할 수 없는 시기니까.

소진 내 마음 지키기에 급급해서 상대가 너덜너덜해지는 과정
을 모른 척했던 시간도 조금 길었던 것 같고. 그래서 저는
만난 시간보다 그 사람을 묻는 데 훨씬 오래 걸렸거든요.
그만큼 다음 사람을 만나는 시간도 오래 걸렸고. 많이 힘
들어했었어요. 제가 당시에 얼마나 어리석었냐면 마지막
에 헤어지자는 말을 들었을 때는 그게 무슨 얘기인지 아
예 이해를 못 했어요. 가장 먼저 든 생각은 '오빠가 시한
부인가?'

혜은 아, 그 정도는 돼야, 세상에 존재하지 않을 정도는 돼야
나랑 헤어지는 거야?

소진 '오빠가 시한부인데 내 마음 아플까 봐 지금 헤어지자고
하는 건가?' 한동안 그렇게 생각했어요. 근데 홍청망청
술 마시고 다니면 부모님도 속상할 것 같고, 그렇다고 친
구들이랑 그 사람 이야기를 소비하기는 싫은 거예요. 그

래서 팩 소주를 딱 100개만 먹자고 다짐했어요. 결국 뭐 100개 근처까지도 못 갔지만요. 초반에는 집에 갈 때마다 팩 소주를 하나 사서 앞에서 원샷 하고 들어가고, 거의 한 달 가까이 그랬던 것 같아요. 다 먹은 팩 소주를 버리지도 못하고 우유갑 접듯이 접어서 책상 서랍 안에 모으고. 그러다가 청산도에 가서 헤어진 남자친구 얘기를 숨기지 않고 털어놓았어요. 5년이 흐른 뒤에는 이름을 딱 생각했는데 더 이상 그 사람의 목소리가 들리지 않는 거예요. 그때 처음으로 그리움이 또 다른 그리움으로 넘어간다는 걸 알게 되었고요.

혜은 이별을 애도하는 시간을 너무 혹독하게 겪은 것 같아요.

선란 근데 애도를 할 수 있었다는 것 자체가 감정을 있는 그대로 받아들이는 느낌이 들어요. 세상에 성숙한…….

혜은 사랑이 어딨어?

선란 저는 스무 살에 만났던 분이 썩 좋은 기억은 아니었는데도 헤어지고 어쨌든 슬펐어요. 저는 알바를 했죠. 제가 인천에서 살았는데 안양에 있는 피자헛에서. 심지어 오픈이었어요. 아침 일곱 시인가 여덟 시까지 가야 되는데 인천이니까 한 새벽 다섯 시에 나와요.

소진 아니, 무슨 배 타러 갔어요?

선란 (웃음) 슬프니까 테이블을 닦으면서 한 달만 참자. 한 달 뒤에도 연락하고 싶으면 연락하자 했는데 한 달 뒤에도 연락하고 싶은 거예요. 그래서 또 한 달만, 하고 일하면서 참았어요. 그래서 오히려 팩 소주가 부러워요.

혜은 맞아요. 거기에 그냥 좀 젖어보기도 하고 축 늘어져 있거나 그러기도 하고요. 저는 예전 애인보다 더 씁쓸하게 떠오르는 사람이 있어요. 대학 입학하자마자 친해진 동기인데 저랑 굉장히 잘 지냈거든요. 제가 그 친구를 유난히 좋아하기도 했고요. 간혹 친구 관계를 통해 생기는 이런저런 부침 속에서도 저는 그 친구를 챙기고 지키려고 했어요. 그런데 졸업과 동시에 한순간 멀어졌죠. 걔가 저와 멀어지기를 택하는 그 과정이 그냥 무통보, 연락을 멀리하다가 두절되는 거였어요. 그래서인지 제가 열렬히 애정했던 사람이 떠났다는 생각을 하면 막연한 그리움이 남아요. 충분한 애도의 과정을 거치기가 머쓱한 기분. 어디서부터 끝난 거지? 그러면 이제부터 얘랑은 진짜 못 만나는 건가? 이제 우리는 다시는 친구가 될 수 없나?

선란 사실 연인은 헤어짐이 명확하잖아요. 친구 관계는 그 맺고 끊음이 애매한 경우가 너무 많아요.

혜은 우정이라는 감정이 어쨌든 쌍방이어야 되잖아요. 나는 남아 있고 걔랑 계속 그걸 이어가고 싶은데 그 사람이 정확히 나와 더는 친구 하고 싶지 않다는 걸 받아들이는 게, 오히려 이별보다 더 힘들죠.

선란 이유도 궁금한데 못 물어보잖아요.

혜은 그러니까요. 사랑은 내가 가서 깽판을 칠 수 있거든요. (웃음) 근데 우정은 오히려 끊임없이 나를 돌아보게 되고, '왜 나랑 어째서?' 이런 생각이 들기 때문에 자신한테 큰 상처가 되기도 하는 것 같아요.

선란 그럼 다들 그렇구나 하는 편인가요, 누군가 떠나갈 때?

소진 아뇨. 저는 완전 전형적인 현실 부정형이라. 혜은이나 선란은 친구 관계에서 애매하게 멀어지는 지점이 있었다고 했는데 저는 친구와도 거의 연애하듯이 멀어졌던 것 같아요. 정말 끝까지 불태운 다음에 우리 이제 보지 말자. 상대방의 통보와 나의 질척거림 그렇게 장렬히 끝나버리는. 그래서인지 친구 한 명이랑 관계가 끝나면 내 존재 자체가 부정당하는 느낌을 많이 받았어요.

혜은 비슷한 감정인 것 같아요, 저도.

소진 그러니까 얘는 이제 나라는 사람 자체가 싫은 거잖아요. 저는 우정이 연애보다 더 많은 활동을 할 수 있고 폭넓은 감정을 교류할 수 있다고 생각하거든요. 근데 그걸 멈춘다는 건, 안 만난다는 건 정말 싫어야 가능한 일 아닌가요? 아, 얘는 그냥 나라는 존재 자체를 싫어한다는 의미로 느껴져서 힘들어요. 근데 또 아쉬운 건 아쉬운 대로 멈춰야 될 때도 있긴 하더라고요.

혜은 연애든 우정이든 내 인생에서 소중했던 사람이 떠나갔을 때 공허함이 무조건 찾아와요. 그런 것을 달래는 나만의 방법은 있나요?

선란 저는 좀 덤덤하게 그렇구나 해요, 잠깐. 그리고 끝내요. 오랫동안 마음에 남아 있겠지만 거기에 오래 머무를 생각은 딱히 없어서요. 보통 저는 끊김을 당하는데 예전에는 '나는 틀린 인간이구나'라는 생각을 진짜 많이 했어요. '나는 사람들 속에 못 섞이고 늘 누군가를 힘들어하는구나'라고. 근데 커가면서 좀 바뀌었어요. 틀린 게 아니라 다른 것뿐이었다고. 나는 먼저 찾아가서 미주알고주알 위로를 못해주는 걸 아니까, 항상 그렇게 얘기를 해요. 힘들 때 그냥 말하라고. 나랑 몇 년 동안 연락 안 해도 괜찮은데 어느 순간 네가 너무 힘들고 그때 딱히 부를 사람이 없다거나 문득 내 생각이 나는 날에 그냥 뻔뻔하게 연락하면 나는 그걸로 된다고, 바로 달려가겠다고. 그래서인지 누군가가 떠나가면 그냥 '내가 이렇게 또 뭔가를 놓쳤구나' 하고 마는 성격인 것 같아요.

혜은 저랑 과정은 다른데 결말이 똑같아요. 저는 좀 살갑고 타인을 잘 챙겨주는 타입이에요. 누군가 저한테 찾아와서 뭔가를 털어놓거나 하는 걸 또 기꺼워하기도 하고. 그러다 보니까 우물처럼, 마르지 않는 우물처럼 막 길어 올려 내 마음을. 그리고 또 홀연히 떠나간다는 말이죠. 아까 그 첫 번째 친구처럼. 그럴 때 약간 현타가 와요. 그런데 태생이 이런 걸 어쩌겠어요. 이제는 그냥 많은 사람이 저를 스쳐 가도록 좀 두고 있어요.

선란 주변에 사람이 많다는 걸 느껴요?

혜은 그런 것 같아요. 근데 사람들을 화려하게 우르르 몰고 다니는 분들이 있잖아요. 그런 느낌은 아니고 어떻게 들릴지 모르겠는데, 저랑 이야기하고 싶어 하는 사람들이 많은 것 같아요. 저도 말하는 것만큼이나 듣는 걸 좋아하지만요.

선란 소진도 주변에 사람이 많죠?

소진 그렇게들 생각하는데 모든 건 다 상대적인 것 같아요. 이십 대 초반에는 곁에 정말 많은 사람이 있었던 것 같아요. 새로운 사람을 아는 일이 마냥 즐거웠다고 해야 할까요.

선란 저는 누군가한테 '내가 이런 것 때문에 고민이 있어요'를 아무렇지 않게 말하는 것도, 준비되지 않은 상태에서 나한테 고민을 털어놓는 것도 힘들어요. 저는 그러면 무조건 해결 방안을 찾거든요. "아 힘들었겠다. 지금은 괜찮아?"가 아니라 "그러면 이거 어떻게 됐어? 그거 해봤어?" 이런 식으로 하다 보니까 주변에 사람이 모이는 편은 아닌 것 같아요.

혜은 힘들지. 방법 찾으려면 너무 힘들고 그럴 수도 없고 사실.

소진 대신 살아줄 것도 아니고 살아지는 것도 아니고.

60

선란   그리고 뭔가 억지로 끼어 있으려고 했다는 느낌? 애초에 안 맞는데. 지나고 보니까 그냥 그걸 안 즐기는 사람이더라고요, 제가. 저는 뭔가 혜은도 그렇고 소진도 그렇고 타인과 함께 있을 때 위로도 되게 많이 받고 힘도 얻는 것처럼 보였거든요, 사실은. 그런데 보니까, 감정을 준다는 건 정말 말 그대로 주는 거잖아요. 내 안에 있던 걸 빼주는 거니까 이분들한테도 힘든 거였구나 싶네요.

소진   근데 저는 일단 마음을 주고 나면 적당히 주지는 않거든요. 그러니까 마음이 열리면…….

혜은   그래, 적당히 주진 않는 것 같아.

소진   네가 나한테 커피 마시자 했지? 우리 커피 마시지? 그럼 끝까지 가는 거야. 아주 그냥 진한 얘기까지 다 털어놓는 거야…….

엉망으로
열심히

혜은 일기

케이팝을 들어도 신이 나지 않을 때, 나는 인생이 뭔가 잘못 흘러가고 있음을 깨닫는다. 며칠 전에는 버스에서 BTS의 〈다이너마이트〉를 반복 재생해놓고도 아무 표정도 짓지 않은 채 집에 도착했다. 보통 바깥에서 음악을 들을 땐 누구나 그렇지 않냐고 묻는다면 나는 조금 다르다고 말하고 싶다. 보통의 나였다면 마스크 뒤에서 연신 입을 벙긋이며 가사를 따라 부르거나 눈앞의 풍경에 초점을 맞추고 내적 댄스를 추었을 테니까.

그런데 그날은, 느슨해진 동공으로 무표정하게 차창을 응시하는 내 모습을 확인하지 않아도 느낄 수 있었다. 생각이 멈추고, 마음도 멈추고. 오직 음악만 하염없이 흘러가는 시공간에 갇힌 것 같은 외딴 기분. 의도적으로 현실과 거리를 두는 자의적 멍 때리기가 아닌, 갑자기 퓨즈가 나간 느낌이랄까.

이런 순간이 찾아올 때 비로소 나는 내가 지금 힘들구나, 깨닫는다. 스스로의 노력이나 힘듦을 대체로 부정하고 축소시키는 편이지만 이때만큼은 백기를 든다. 인정. 그래, 나 너무 힘들어. 이리저리 플레이리스트를 바꿔가며 기분을 띄울 기력도 없이 버스나 지하철 좌석에 몸을 맡긴다. 눈을 감으면 언덕에서 빠르게 굴러가는 빈 깡통이 그려진다.

요즘 나는 엉망으로 열심히('엉망'과 '열심'의 위치를 헷갈려서는 안 된다) 살고 있다. 이틀 이상 밀리지 않던 빨래와 청소를 외면하기 시작했지만 외주 마감은 틀림없이 지키고, 술을 마시고 와도 잊은 적 없는 허리 스트레칭은 제쳐도 신간을 타이밍 좋게 읽으려 새벽에 잠이 들고, 냉동실에 얼려둔 밥은 줄어들지를 않는데 집 안의 식물들은 무럭무럭 자라나는 식으로. 하루하루를 아낌없이 쓰고 있는 것 같은데 막상 뿌듯하거나 보람된 마음은 없다. 그래서 오히려 무엇이든 지금보다 더 애써야 할 것 같은 피로하고 막막한 기분만이 나의 열심을 증명하는 유일한 상태……. (정확히는 그런 착각에 빠진 상태라고 해야 맞겠지만, 살다 보면 최소한의 자기 회복력조차 바닥나는 시기가 있지 않은가?)

'나 돌보기'에 소홀하면서 일상이 평탄하기를 바라는 것은 무슨 심보인지. 보통 잘해내고 싶은 게 많을 때 이런 욕심과 오기가 발동하는데, 도대체 나는 지금 얼마나 잘 살고 싶은 걸까? 1주년이 막 지난 책방도, 이제 막 출간된 두 번째 책도 묵묵히 제 몫을 해나가고 있는데 정작 그것들의 주인인 나만 폭풍전야 같은 심정인지 모를 일이다.

아니, 알겠다. 바로 그 주인다움에 대해 매일같이 의심하고 있기 때문이다. 미래를 지나치게 생각하는 사람은 불안에 빠지기 쉽다는데 내가 꼭 그렇다. 회사원에서 프리랜서로, 프리랜서 겸 소상공인으로 삶이 갈라질 때마다 미래로 향하는 길이 하나씩 늘어갔다. 그건 분명 나의 가능성이 확장되고 설렘이 부푸는 일이었지만, 한편으론 익숙했던 나를 끊임없이 낯설게 여겨야 하는 시간이기도 했다. 새삼스레, 살아본 적 없는 삶을 사는 기분이랄까. 마치 이전까지의 삶은 2회차이기라도 했다는 듯이.

　　그런 나를 보며 친구는 단호하게 말했다.

　　"너는 어제, 오늘, 내일. 딱 3일만 생각하고 살아."

　　그게 되나? 적당히 생각하는 게…….

　　최근에는 깊은 새벽에 엄마가 자는 걸 알면서도 보고 싶다고 문자를 보냈다가 대번에 전화가 와서 놀랐다. 별일 아니라고 둘러댔지만 결국 사연 있는 딸로 오해받고 통화가 종료돼 울적해졌다. 나는 '알아서 잘 살고 있는 딸'처럼 보이는 데 집착하지만 종종 우스꽝스러운 모습으로 실패한다. 물론 그런 실패는 괜찮다. 특히 '~해 보이는' 데에 실패하는 일이라면 그건 언젠가는 실패해야 마땅한 것, 반드시 오고야 말 실패라고도 생각한다. 그러므로 실패하기를 원치 않는 마음과 별개로, 나는 나의 어떤 실패는 반드시 지지하는 편이다. 나의 굳셈을 과신하지만 동시에 그런 자신을 아슬아슬하게 여기기 때문에 나약함을 들키려거든 부디 안전한 곳에서 무너지기를 바라면서, 그러나 여전히 밀어붙이기를 멈추지는 않은 채로 살게 되는 시기가 있다.

　　다들 그렇지는 않다는 건 일찍이 알았으므로, 이런 나와 지독히도 불화했던 시절은 어찌어찌 지난 일이 되었다. 다만 내가 충분한 학습과 시간을 들인 끝에 기꺼이 마주 볼 수 있게 된 나의 다른 못난 구석들과 달리, 나를 좀먹는 이 기이한 성실함 앞에서는 가끔 어쩔 줄 모르고 손을 놓을 뿐이다. 지금처럼.

　　나는 누군가를 무작정 사랑해볼 수 있지만 그 사람을 있는 그대로 인정하고, 나아가 인간적으로 좋아하기란 얼마나 어려운 일인지를 다름 아닌 나로부터 배웠다. 그 결과 나를 뺀 다른 모두에게 몹시 관대한 사람이 돼버렸고. 성정이 너그러워서는 아니고, 타인이 많은 부분에서 나보다 쉬웠다. 간혹 나보다 어려운 타인을 만나더라도, 타인이란 자고로 영원히 견딜 필요 없이 외면할 수 있다는 점에서 역시 나를 대하는 것보다야 쉬운 쪽으로 기울곤 했다.

내가 삶과 거리를 잘 두는 사람이었다면, 나 힘든 이야기를 적어도 이것보다는 잘하는 사람이 되었을까? 자조하지 않는 방식으로, 순수하게 어려움을 토로한 적이 언제였는지 모르겠다.

관계 맺기에 자신 있다면서 정작 가까운 이들에게 잘 기대지도 못한다. 일기를 오래 써 버릇해서일까. 속상하고 괴로운 일이 생기면 아무도 열람할 수 없는 곳에 글로 해소하는 것이 간편하다는 걸 일찍부터 체득한 탓에 셀프로 감정을 처리하는 데 너무 익숙해졌다. 그런 방법에는 딱 한 가지씩의 장점과 단점이 있는데 먼저 장점은, 실제보다 감정적으로 쓰인 글을 읽고 나면 곧장 이런 생각이 든다는 것이다. '에이, 뭘 이렇게까지⋯⋯. 나 사실 이 정도로 힘들지는 않은 것 같은데, 좀 버틸 만한 것도 같은데.' 하며 금방 기운을 차릴 수 있게 스스로 독려한다. 단점은 내가 얼마나 힘든지, 무엇에 그리 힘들었는지 제대로 알아보려 하지 않고 어물쩍 넘어가는 탓에 '힘든 상태'에 오히려 취약하다는 것이다. '괜찮은 상태'로 유지하는 데 너무 많은 노력을

들이기 때문일까. 유지와 보수는 함께 가야 하는데, 나는 오랫동안 마치 보수가 필요 없는 사람인 양 굴었다.

그런 의미에서 이 일기는 근래의 힘듦을, 내가 주로 느끼는 복합적인 어려움을 빼돌리지 않고 붙잡아둔 최초의 기록인 셈이다. 여기까지 쓰는 낯은 꽤 부끄러웠지만 깨끗하게 인정하고 나니 '뭐 어쩌겠어'라는 생각이 든다. 나를 정면으로 마주하지 않고서는 지나갈 수 없는 날도 있으니까.

물론 이런 용기가 과연 내게 자주 필요할까에 대해서는 여전히 의문이다.

영업 마감 시간이 한참 지난 책방에 앉아 이 일기를 쓰고 있다. 곧 막차의 막차가 끊기기 전에 집에 가야 하는데 이럴 수가…… 아직 '서점일기'*를 쓰지 못했다. 하루를 마무리하기 전, 동업자와 교환 일기처럼 쓰고 있는 페이지에는 절대로 징징거리고 싶지 않으니 아마 전혀 다른 내가 쓰이겠지. 이건 알량한 자존심의 문제나 괜한 걱정을 시킬까 봐 염려하는 마음은 아니다. 원한 적 없지만 결국 충실하고 있는 이 삶을 내가 느끼는 것보다 잘 지켜내고 있으리란 믿음이자 소망에 가깝다. 그러니 남

* 동료 작가와 함께 운영 중인 서점 '작업책방 씀'의 1주년을 맞아 쓰기 시작한 서점일지(:씀씀장구). 서점에서의 일상을 기록으로 붙잡아두면 책방의 수명도 길어질까 싶어 써보았는데, 그해 겨울 즈음 누가 먼저랄 것도 없이 자연스레 쓰기를 멈췄다. 어느새 책방 운영 4년 차가 된 지금, 그때 그 일기장의 행방은 묘연하다. 하지만 책방은 여전히 망원동에 건재해 있다.

은 일기를 쓴 뒤에는 정성껏 고른 노래를 들으며 걸어야지. 오늘 귀갓길에는 미소 지을 수 있기를 바라며.

**

소진 　　사무실에 가장 먼저 출근한 그는 불을 켜고 책 출고
　　　　처리 및 인터넷 서점 관리를 한다. 점심식사 이후 한
시부터 여섯 시까지는 대형 서점의 직원들을 만나 신간을 소개
하고, 이미 구간이 되어버린 책들의 매대 진열 상황을 살핀다.
하루의 대부분을 지하철로 이동하는 데 쓴다는 그의 시간을 퇴
사 소식을 듣고 나서야 상상해보곤 했다. 함께한 1년 반 남짓은
서로의 일을 분리하고 각자의 역할에 대해, 그 미묘한 영역에
대해 선을 넘지 않는 걸 최선으로 삼았다. 과장님의 맥주잔이
넘치지 않을 때까지 술을 채우면서 말했다. "지난번에 파주 창
고 갔다가 돌아오는 길에 말이에요. 그때 조수석에서 잠들었던
거 죄송해요. 자유로를 빠져나올 때까지만 해도 분명 눈을 뜨고
있었는데, 언제 잠들었는지 모르겠어요." 실장님과 부장님은 그
런 일이 있었냐며 웃어넘겼지만, 내가 모르는 척 눈을 감고 있
었던 날은 그날 하루만이 아니었다. 이번 달 매출 얘기가 나올
때마다, 사장님이 이제 온라인 마케팅에 신경을 써야 한다고 할
때마다 모른 척했다. 외근을 마친 그가 사무실로 복귀하고 혼자
남아 면담을 할 때도 집이 멀다는 이유로 짐을 꾸리기 바빴다.
일주일에 다섯 번, 식구들보다 더 자주 같이 밥을 먹고 더 많은

68

시간을 보내는 이에게 업무 이상의 일에 관해 묻는 것을 삼갔다. 그때마다 요즘 저녁은 어떻게 해결하는지, 작년에 등록한 헬스장은 좀 나갔는지 물었다면 어땠을까. 집으로 오는 내내 보라매 공원의 벚꽃이 피기 전에 그만둔 동료에 대해, 그리고 좋은 동료보다 좋은 사람이 되는 일에 대해 생각했다.

선란 2022년 11월부터 플랭크를 시작했다. 운동을 하기는 해야겠는데, 작년 연말에는 내가 잠자는 것도 기특했다. 한순간에 모든 걸 놔버릴까 봐 전전긍긍하던 시기여서 그랬는지, 그 스케줄에 무리하게 운동을 끼워 넣을 자신이 없었다. 그렇다고 이대로 두었다가는 몸이 순식간에 망가질 것 같으니까. 운동은 스물다섯 살에 시작한 고강도 웨이트가 처음이었다. 한 5개월 정도 운동에 미쳐 있던 때도 있었다.

운동의 장점은 입 아플 정도로 많겠지만, 가장 좋은 건 성취감이다. 꿈과 실력이 대등하지 않아서 하루에 몇 번씩 좌절하는 나에게 운동은 내가 이를 악물면, 포기하지만 않으면 얻어낼 수 있는 일이다. 요즘엔 하루의 답답함을 운동으로 푼다. 꼭 무언가 하나씩은 나에게 성취감을 줘야 한다니, 나는 진짜 괴식이다. (이 원고를 편집하는 23년 10월, 나는 하루를 웨이트로 마감하는 완벽한 헬스인이 되었다.)

모종의 불안감과
날것의 반응들

선란 지금은 괜찮은가요?

혜은 네. 이게 며칠 전에 써둔 일기여서 다행히 그사이에 제가
회복이 되었어요. 홀가분한 심정을 좀 긴장된 상태로 즐
기고 있고요. 왜 힘들었냐면 제가 상반기에 외주를 공격
적으로 해야겠다고 느꼈어요. 위기감이 있었거든요. 재
정적으로. 그래서 일을 열심히 따냈는데 다행히 따내는
족족 일이 들어온 거예요.

선란 일이 몰아오잖아요, 원래.

혜은 그러니까요. 제가 원하는 타이밍에 순차적으로 오지 않
고 뿌린 게 고스란히 한꺼번에 들어와서. 그래, 스불재(스
스로 불러온 재앙)예요. 그렇게 타이트하게 일상이 굴러가면
서 오랜만에 높은 강도로 일을 한 거죠. 그러다 보니까 늘
어진 몸을 조이는 과정에서 많이 괴롭기도 했고 정신적

으로도 힘에 부친다는 느낌이 있었어요. 프리랜서는 사실 일을 많이 해도 항상 모종의 불안감을 갖는 것 같아요.

선란 맞아요. 그러면 혜은은 책이 나오고 나서 즐기시는 편인가요? 출간된 기분을?

혜은 직후에는 사실 못 즐겼어요. 출간 이후까지 일이 살짝 겹쳐서 '마감은 털었다, 근데 일단 프로젝트 해야 돼.' 그랬고, 외주 일이 마무리될 즈음엔 '이거 끝나면 이제 진짜 해방이구나.' 이런 기다림으로 출간 초반을 보냈어요. 그리고 그게 다 끝난 다음에는 반응을 기다리느라 조마조마한 심정이었죠. 과연 어느 분들이 먼저 읽으셨을까? 어떤 분들이 반응을 해주실까? 흔히 에고 서치(ego search)라고 하죠.

선란 얼마나 하세요, 에고 서치? 기간을 정해두고 하나요?

혜은 자주 해요. 그러다 시간이 지나면 조금 덜 하게 되더라고요. 시들해지는 건 확실히 맞는 것 같아요. 선란은 어때요?

선란 저는 좀 무서워하는 편이에요. 뭐랄까? 수용할 수 있는 비판들도 있죠. 근데 책은 이미 나왔고 내 손을 떠났는데

이 책에 대한 비난이나 실망감을 굳이. 무섭기도 하고요. 그래도 일단 책이 나온 직후에는 해요. 그때는 저를 응원해주시는 분들이 가장 빠르게 구매해서 빠르게 읽은 거잖아요. 그러다가 어느 정도 지나 저를 아껴주시는 분들 외에 독자 풀이 넓어지고 점점 날것의 반응들이 나오면 그때 딱 멈춰요. 안 좋은 평을 보면 그때부턴 거의 안 하는 편이고.

혜은 상처받지 않는, 나를 지키는 방법인 거죠.

선란 그래서 가끔 네이버 블로그나 인스타그램에서 에고 서치를 할 때도 실눈을 뜨거나 모니터에서 엄청 멀어진 상태로 후루룩 읽어요. 근데 어떤 부분이 별로였다, 이런 건 너무 잘 보여요. 그 사이에서 또.

혜은 그러니까. 마치 오타 발견하듯이.

선란 그래서 좀 안 해보려고요. 점점 더. 상처받는 것도 있으니까. 그리고 좋은 말들은 어떻게 해서든 들어오더라고요. 소진은 편집자로서 낸 책들 서치해보나요?

소진 아, 여러분은 독자 반응 보시죠? 저희는 판매 지수 봅니다. 아침에 판매 지수를 온라인 서점별로 들어가서 살피죠. 그러면 하, 힘들어요. 우리나라가 정말 책을 안 읽는다는 걸 절실하게 깨닫기도 하고요. 소위 팔린다는 책들도 서점 매대에 넓게 진열된 게 아니고서는 주목받기 어렵잖아요. 그런 거 보면서 이제 가슴을 부여잡고……. 뭐, 그렇습니다.

선란 책이 점점 잘 나가기 힘든 산업으로 바뀌는 것 같아요. 서점 자체를 많이들 안 가시는데 서점에 가도 보통 매대 앞에 깔린 걸 먼저 보고, 인터넷 서점은 목적이 있어서 검색을 하고 구매하니까 책을 둘러보질 않잖아요.

소진 책이 서점 서가에 꽂히면 그때부터는 수명이 끝나가고 있다는 걸 느끼기는 하죠. 서가에 있으면 책을 찾기 어렵기도 하고, 설령 발견한다고 해도 사는 것까지가 상당히 어렵다는 걸 알기 때문에요. 팬데믹 때 한창 독서 인구가 많아지고 책 판매율이 소폭 상승했다고 들었어요. 그런데 그것도 정말 한때였던 것 같아요. 책을 읽는다는 게 상당한 노동이 필요한 일이잖아요. 우리 주변에 재밌는 게 너무 많아요. 넷플릭스, 왓챠, 웨이브 등 무수한 콘텐츠랑 싸우기엔 사실 책은 어렵기는 해요.

선란 근데 서가에 꽂히면 수명이 끝났다는 말이 물론 나쁘다
는 의미라기보단 너무 당연한 건데 저는 《무너진 다리》
가 서가에 꽂혀 있었어요. 한 권씩. 그때 서점에 내 책 한
권이 꽂힌 기분이 《천 개의 파랑》이 매대에 올라와 있을
때보다 훨씬 더 커요. '아, 이 많고 많은 책 중에 드디어 내
책이 있구나'라는 게. 물론 말씀하신 대로 서가에 꽂혔기
때문에 판매량은 많이 슬펐지만. 그때의 기억이 너무 남
아 있어요.

소진 또 서가에 꽂힌 내 책은 정말 미친 듯이 잘 보이잖아요.
반짝반짝하고.

선란 안 보이던데?

소진 흠. 다시 일기로 돌아와서 혜은의 일기 중에 "언덕에서 빠
르게 굴러가는 빈 깡통"처럼 살고 있다라는 부분이 진짜
저를 후드려 쳤거든요.

선란 저는 굴러가는 혜은을 상상했어요.

소진 여기서 언덕은 외주고 깡통은 혜은인 거야. 이제는 정말
알아서 굴러가야 되니까. 처음 읽었을 때는 '왜 이렇게 슬

픈 문장을 써놨어, 이 언니' 이랬거든요. 대체 언제 이런 감정을, 이렇게 힘들다고 느끼나요?

혜은 아무래도 일이 많을 때인데, 그 일의 많음이 단지 내가 지금 처리할 것들보다는 그걸로 인해서 제 일상을 잘 못 돌봤다고 생각할 때 저는 진짜 큰 스트레스를 받아요. 일을 할 수 있다는 건 다행이죠. 제 역할이 있고 그걸로 생계를 꾸려나갈 힘이 있다는 거니까. 근데 일상에 일만 있을 때 제가 잘못 살고 있다고 느끼거든요. 마치 일하려고 사는 사람처럼 여겨질 때가 있어요. 저는 외향형 인간이긴 하지만 집 안을 돌보는 걸 중요하게 여기고 그것이 저의 치유 방법이기도 하거든요? 저는 약간의 강박증이 있어서 청소를 거의 매일 해요. 근데 3일에 한 번 한다? 안 되는 거예요. 최소 이틀에 한 번은 밀대로 바닥을 밀어야 되니까요. 그럼 나는 지금 너무 힘든 상황이거나 일이 과중돼 있는 거죠.

선란 근데 프리랜서는 일할 때 일만 하고 쉴 때 쉬기만 하잖아요. 어쩔 수 없지 않아요?

혜은 아, 저는 계획형 인간이어서 투 두(to do) 리스트가 항상 있고 그걸 거의 지켜요. 지키는 거에 희열도 있고. 그런데 만약 그 리스트에서 체크한 게 일밖에 없어. 일 외적인 거, 청소하기, 스트레칭하기, 집밥 만들어 먹기 등을 만약에 다 못 하고 하루가 끝나면 너무 괴로운 거죠. 그걸 체크해야 직성이 풀리는 인간이니까. 쉬는 것까지 모든 걸 계획의 범주에 넣으니 힘들 수밖에요. 여러분들은 어떠세요? 어떨 때 저처럼 힘들다고 느끼시나요?

선란 저는 입맛이 다 사라질 때 스트레스가 쌓였구나를 딱 알거든요. 보통 단계가 있어요. 첫 번째는 매운 게 당겨요. 제가 진짜 매운 걸 못 먹어요. 근데 스트레스가 최고치면 불닭이나 엽떡 매운 단계를 아무렇지 않게 먹어요.

소진 무감각해지는구나.

선란 아예 미각이 사라지나 봐요. 그게 조금 더 지나면 먹는 것에 대한 흥미가 뚝 떨어져서 밥 메뉴 정하는 것도 스트레스고 그거를 씹어서 삼키는 것도 곤욕이에요. 음식이 안 당기면 나 지금 뭔가 힘들구나를 느끼는 편이죠.

혜은 그럼 이제 많이 지치잖아요, 체력적으로. 들어오는 에너지가 덜하니까. 힘에 부치겠어요. 그럴 때 에너지는 어떻게 충당해요? 뭘 먹긴 먹는 거지?

선란 네. 아무 생각 없이 먹어요. 그러니까 밥에 김치만 먹을 때도 있고.

소진 그냥 밥에 맨두부만 먹을 때도 있죠?

선란 근데 또 행복할 때는 '오늘 점심 뭐 먹지?'로 사는 사람입니다.

혜은 소진은 어떨 때 내가 좀 비상이라고 느끼나요?

소진 평소에는 타격감이 없는 편인데 엄마랑 싸우면 바닥을 치는 것 같아요. 최근에 남자친구랑 잘 놀고 들어왔는데, 엄마가 "오늘은 어떤 친구랑 놀았어?" 이런 식으로 자꾸 돌려 말하는 거예요. 저는 그런 식의 유도를 싫어하거든요. 그냥 물어보면 되잖아요. 근데 엄마가 자꾸 살살 긁는 듯이 말하니까. 저도 못된 거죠. 그게 뭐라고 기분이 확 상해서는 "왜 이렇게 남의 사생활을 캐물어요?"라고 대꾸한 거예요. 근데 엄마가 그 사생활이라는 단어에 완전 꽂혔나 봐요. 그게 벌써 한 달이 지났고 이제 잘 지내거든요? 그런데도 자꾸 뭐만 얘기하면 "어, 너는 사생활 중요한 애가 왜 집에서 밥 먹어? 너는 사생활이 중요한 애가 빨래 왜 같이 돌려?" 그러시더라고요. 아, 이게 제삼자로

들을 땐 소소하고 귀엽겠죠? 저도 다른 집 엄마가 그랬다면 귀엽다고 했을 것 같아요.

혜은 엄마랑 싸우면 진짜 힘들어요. 사실 누군가와 싸울 일이 나이 들면서 잘 없는데 평생 싸울 대상이 있다면 아마 그것은 엄마이지 않을까 싶을 만큼.

소진 확실히 우리는 타인과의 관계에서 스트레스를 많이 받을 수밖에 없는 거 같아요. 그럼 이걸 어떻게 다스리느냐가 또 중요할 것 같은데, 혜은은 힘들 때 다른 사람한테 잘 털어놓는 편인가요?

혜은 잘 못 해요. 일기에도 썼듯이. 누구한테 털어놓지 못해서 혼자 삭히는 방법을 잘 알고 있어요. 집안일을 한다든가, 음악을 듣는다거나. 일단 힘들다고 타인을 먼저 찾지는 않는 것 같아요. 그게 가족이든 친구든. 바꾸고 싶은 부분 중 하나예요. 누군가한테 기대는 것도 방법으로 가진 사람이었으면 좋겠어요. 저는 누가 저한테 힘든 얘기하는 게 싫지 않거든요. 그렇다면 나의 힘든 이야기도 기꺼이 들어줄 친구들이 분명히 제 주위에 있고, 그것이 부담이라고 생각 안 하는 사람도 있을 텐데, 나의 존재가 부담일까 봐 혼자서만 감당하는 제가 썩 보기 좋지는 않아요. 그렇게 되면 '나는 결국 나밖에 이해 못 하는 사람이야, 나라는 인간은 나만 이해할 수 있는 사람이야'라고 굳어질 것 같아요. 그래서 조금 더 유연해지고 타인에게 저의 정리되거나 단정된 모습이 아닌 것들을 조금씩 보여주는 사람으로 나이 들고 싶어요. 자연스러운 제 모습도 타인과 나눌 수 있는 사람이었으면 좋겠다는 생각이에요.

선란 그러면 아까처럼 집안일도 하지 못할 정도로 스트레스를 받는 순간에는 어떻게 하려고 해요?

혜은 그러면 글쎄, 어떻게 했었나? 아! 저는 약간 강박이 있다 그랬잖아요. 예를 들어서 일을 하다가 새벽이 됐어요. 근데 이미 청소를 한 이틀 못 했어? 그럼 저는 잘 준비가 끝났어도 그때부터 청소해요. 그냥 하고 자요. 나는 덜 자도 이 뭘 했다는 만족감이 있어야 되는 거예요. 미루는 거 별로 안 좋아하거든요.

선란 다음 날 생활이 가능해요?

혜은 정신력으로 버텨요. 오히려 그 물리적인 피로보다 내가 청소를 하고 잤다는 정신적인 안도가 저를 더 괜찮게 만들어요.

소진   저 진짜 깜짝 놀랐어요. 저는…… 일단 새벽에 안 깨어 있어요.

선란   저도 절대.

소진   그리고 저는 완전 나 편한 대로 생각해요. 아, 됐고, 내일의 나한테 토스해!

혜은   나는 그게 안 돼. 가능한 한 오늘 할 일을 오늘 끝내는 게 덜 자는 것보다 더 나은 판단인 거예요.

소진   아니, 진짜 이해되는 문장이 단 한 개도 없어요.

선란   저는 그래서 소설을 쓰고 본격적인 프리랜서의 길에 들어설 때 스스로 약속한 게 딱 두 개 있어요. 밥 거르지 말고 밤새지 말자. 아무리 일이 많아도 그러니까 입맛이 없어도 먹어야 돼. 맨두부라도 먹고. 일이 진짜 많은데 한시가 되면 너 이렇게까지 일해봤자 좋을 거 하나도 없어! 그냥 내일 해! 하고 탁 접고 자는 편이에요.

나의 스트레스
해결법

소진   그러면 선란은 스트레스받을 때 어떻게 풀어요? 제발 새벽 네 시 얘기 이거 빨리 넘기고 싶어!

선란   저는 그럴 때 두부, 맨두부를 먹을 정도로 스트레스를 받으면…… 우아하게 쉬어요.

소진   우아하게 연두부 한 모?

선란   그러니까 다 귀찮다고 했잖아요. 결제도 귀찮아서 갖고 싶은 건 많은데 사지는 않아요. 의도치 않게 조금 소박해지는 경향이 있는데, 내가 나를 못 챙긴다 싶은 순간이 올 때는 늘 탐내던 와인바에 간다거나, 카페도 진짜 어디 숲속에 있는 좋은 카페에 가서 편안하게 나한테 돈을 펑펑 쓰면서 쉬는 편이에요. 아끼지 않는? 그래서 일부러 호캉스도 가고. 그렇게 요즘 쉬고 있어요.

혜은   그렇지, 맞아. 나한테 선물 한 번 해줘야 돼. 최근에 그런 경험이 있나요? 나를 위한 한상차림 같은 선물?

선란   제가 어제 회의 때문에 어쩔 수 없이 호텔을 잡았는데
               회의도 짧게 하고 놀았어요. 그러다 보니까 오늘 애매
               하게 소설이 좀 남은 거예요. 그래서 물론 두 분께는
               쉰다는 의미가 아닐 수 있겠지만…….

혜은   벌써 불안해. 소설이 남았다는 얘기가 왜 나오지? 내
               가 어떻게 쉬냐고 물어봤는데?

선란   원래라면 금요일이니까 '그냥 집 가자' 이러면서 그 사
               람 많은 시간에 꾸역꾸역 노트북 들고 퇴근길에 올랐
               을 텐데. '아니야, 그냥 돈 쓰자' 하면서 아깝지 않게 호
               텔 긁고 맛있는 밥 먹고 즐기는 거죠.

소진   저는 스트레스받을 때 청소도 안 하고 우아하게 쉬지
               도 않고 그냥 엽떡 먹어요.

선란   근데 매운 게 주는 효과도 있겠지만 스트레스받을 때
               특정한 행동을 하면 그 행위만으로도 내 몸이 '지금 스
               트레스를 풀려고 하는구나'라고 느끼는 것 같아요.

혜은   몸이 알고 있는 루틴인 셈이죠. 나의 스트레스 해결 루틴.

소진 이미 배민 켜서 주문할 때부터 마음이 편안해. 40분 뒤에 온다고 그러면 거짓말! 일찍 올 거면서! 다 알고 있다고!

혜은 나도 청소…… 밀대에 청소포 끼울 때 이미 행복해.

소진 아, 뭐라는 거야.

선란 저는 호텔 검색할 때.

소진 이렇게 스트레스를 풀어도 사람이 진짜 궁지에 몰릴 때가 있잖아요. 기억나는 게 있나요? '내가 되게 막다른 골목에 있었다'라는 순간이.

선란 물론 스트레스는 받긴 받죠. 머리가 너무 아프거나. 근데 한계나 막다른 길이라고 느껴본 적은 딱히 없어요. 내가 이걸 충분히 해내지 못할 때에도 이거 하면 나 한 단계 진화한다! 한 단계 성장한다! 이런 느낌이 나서 조금 신나요.

혜은 깨야 할 퀘스트 정도로 생각하는 거죠?

선란   너무 새로운 종목. 예를 들면 갑자기 게임에 관한 스토리를 쓰게 되었을 때 그 규칙들을 유튜브 보면서 공부하고 체험해보고 다 해요. 새벽까지 머리가 너무 아픈데, '나 이거 하면 다음에 다른 소설 쓸 때 더 잘하겠지?'라는 재미가 있어서 벽을 손으로 부수면서 나가는 그 느낌을 즐겨요.

혜은   그렇구나. 저는 너무 신기한 게 어쨌든 그 과정에서 힘듦이 옅어지면서 나아가잖아요. 저는 스트레스를 계속 받아요. 거의 끝까지 시달리고 마치고 났을 때 '결국 해냈구나'라는 걸 너덜너덜해진 마음으로 느껴요. '그래, 그래도 이게 나를 변화시키는 어떤 한 구간이었어'라고.

선란   지나고 나서 느끼는 게 어디예요? 그걸 못 느끼는 사람들도 있어요. 그게 제일 안타까워요. 실패를 그냥 실패로 받아들이는 사람. 소진은 어때요?

소진   저는 아무리 큰 위기가 닥쳐도 '아, 이거 되게 좋은 소재다'라고 생각해요. 달리 보면 그냥 SNS에 올릴 만한 에피소드일 뿐인 거예요. 제가 지금 쇼트커트인데 얼마 전에 지하철에서 어떤 할아버지가 진짜 못마땅하다는 얼굴로 시집갈 처녀가 왜 이렇게 머슴 머리를 하고 다니냐고 하셨어요. 그때 제가 에어팟으로 드라마를 보고 있었거든요. 근데 계속 저한테 뭐라 뭐라 말을 하시는 것 같길래 에어팟을 딱 빼고 "이게 요즘 유행이에요!"라고 했어요. 그러고 나서 할아버지를 보니까 귀여운 파마머리길래 "어? 파마하신 거예요? 너무 잘 어울리신다"라고 했죠. 나는 내 머리 칭찬한 줄 알고 할아버지 머리도 칭찬한 거야. 근데 할아버지가 너무 수줍은 얼굴로 자연 곱슬이라고……. 할아버지가 갑자기 수줍은 얼굴로 돌변하니까 기분이 확 나쁜 거예요. 곰곰 생각하니까 지적을 하신 거더라고요. 뭐야? 욕이었던 거야? 근데 그것도 지나고 나니까 그냥 재밌는 일화에 불과하다 싶어요.

선란   저는 난관이나 처한 상황을 게임이나 하나의 소재로 생각하는 게 진짜 잘 돼요. 마치 내가 주인공 같잖아요. 나를 저 드라마 속에 주인공으로 넣어놓고 잠깐 떨어져서 어떻게 깨나 보자! 약간 이런 게 있어야 해요.

소진   그런 방법을 터득하는 게 좋은 것 같아요. 나를 레벨업해야 다음 게임을 깰 수 있으니까.

혜은　내게 닥친 모든 시련을 그대로 흡수해버리기보다는 어느 정도 거리감을 둬야 해결책도 생각나고 이성적으로 판단할 수 있게 되죠. 근데 저는 그런 위기 대처 능력이 좀 취약해요. 산다는 건 전부 계획 외 일일 수밖에 없잖아요. 그런 일들을 마주했을 때 삶이 더 즐거워지고 다채로운 풍경들 안에서 인생이 흘러갈 수 있다는 걸 진짜 최근에야 느끼고 있어요.

선란　소진과 저의 게임이 모험이나 퀘스트를 깨나가는 얘기라면, 혜은의 게임은 테트리스인 거야. 차곡차곡 쌓는데 뭔가 틀어졌어. 그럼 이제 판이 망했다고 생각을 하지. 사실 테트리스는 공간이 많아도 끝에 막대기 하나만 들어가면 클리어거든. 삶 또한 그런 거라고 생각하면 될 것 같아요.

소진　맞아요. 당장 지난주의 일기를 오늘은 편안한 마음으로 읽었듯이.

2부

기대 않던

마음에도

엄마의 지구는
우리가 사는 지구보다 작다

선란 일기

중증장애인인 엄마는 휠체어 없이 이동할 수 없다. 이 말은 엄마의 지구는 우리가 사는 지구보다 훨씬 작다는 것.

자차를 이용하기도 하지만 거동이 불편한 엄마가 휠체어에서 내려 일반 차를 타고 어딘가로 떠나는 건 진이 다 빠지는 일이다. 그럴 수밖에 없는 것이 매초 발생하는 위험 요소를 다 방지해야 하는데, 이를테면 천장에 머리 추돌 위험, 발목 꺾임 위험, 기저귀 비틀릴 위험, 그리고 엄마가 짜증 낼 위험(제일 중요하다). 그때마다 나는 내가 덩치 큰 사람이 아니라는 사실이 밉다. 엄마를 번쩍번쩍 안아 올릴 수 있으면 얼마나 좋을까. 그렇담 스파이더맨처럼 방사능 거미에 물려도 좋을 텐데.

차를 타고 근교로 나들이를 하거나 외래 진료를 받으러 다른 지역에 가는 것도 1년에 몇 안 된다. 장시간 이동은 엄마에게 부담과 피로다. 엄마는 우리와 웃고 떠들지만, 환자다. 엄마는 9년째 스물네 시간 간병이 필요한 중증 환자다. 이 사실을 잊지 말자.

엄마가 아픈 이후로 엄마의 삶을 짜 맞추는 습관이 생겼다. 엄마가 몇 살 때 치위생사 자격증을 땄고, 그전에는 뭘 했고, 병원은 어디를 다녔으며 엄마의 절친한 친구가 언제 죽었는지, 그리고 내가 태어나기 전에 엄마는 어떤 삶을 살았는지까지도. 인생은 광활하고 내게 남은 파편은 두 손바닥 안에 들어올 만큼 적어서, 어찌 보면 나는 엄마의 삶을 쓰고 있다. 소설을 쓰고, 시나리오를 쓰듯이. 근데 이렇게라도 해두지 않으면 본인마저 잊어버린 그 삶을 누가 보관해주지?

　엄마는 심씨 집안의 위에 오빠를 세 명이나 둔, 양옥집 막내 딸로 태어났다. 할아버지는 빵 공장에서 일했고 할머니는 시장 바닥에서 웬만한 장사란 장사는 다 한, 슈퍼도 운영하고 부동산 투자도 하는 사업가였다. 엄마는 할머니 등에 업혀 포도 파는 소리를 들으며 자랐다고 했다. 나는 내 돌 사진과 똑같이 생긴 엄마가 남색 포대기에 싸여 업힌 장면을 그린다. 할머니의 포도를 먹고 자란 엄마. 오빠들이 시켜 할머니 슈퍼에서 빵을 몇 번 훔쳤던 엄마. 키가 큰 삼촌들 밑에서 아득바득 따라 컸던, 조금 깍쟁이 같아도 오빠들 밑에서 자라 성격 하나는 참 불같았던 엄마는 스무 살, 첫 직장을 가졌고 그곳에서 다섯 살 연상의 아빠를 만났고 결혼을 다짐했다. 그게 1년 좀 안 되었으려나. 엄마는 부모님이 반대하자 당당히, 아주 당당히 가출을 했다! (참고로 이건 나중에 알았는데, 나는 평생 아빠가 엄마를 좋아해서 쫓아 다녔다는 말을 들어왔다. 근데 훗날 고모들의 증언에 따르면 실상은 그 반대였다.) 엄마는 끈질긴 투쟁으로 결혼을 허락받았고, 아빠는 세 삼촌에게 각각 세 번의 시험을 모두 통과했다. 그러니까 예술고등학교로 편입하겠다고 허락도 받지 않고 몰래 편입 시험을 본 내가, 별난 게 아니라 유전자 때문이라는 거지.

　엄마는 스물한 살에 언니를 낳고 스물세 살에 나를 낳았다. 엄마는 내 또래 중에서 젊은 엄마였다. 엄마는 참 젊을 때 나를 낳았구나, 그렇게 생각했는데 아니다. 엄마가 나를 낳은 나이를 훌쩍 넘어 돌아보니, 엄마는 젊은 게 아니라 어렸다.

엄마가 어떤 사람이었는지 설명하는 건 불가능하다. 내가 보는 엄마는 셀 수도 없이 많은 면 중 단 몇 개에 불과할 테니까. 내게 그 많은 면을 설명해줄 엄마가 이제 없다는, 그 인지능력을 가진 엄마가 없다는 걸 느낄 때 서럽다. "엄마는 어떤 사람이었어?" 가끔 지금의 엄마를 붙잡고 묻는다. 지금의 엄마는 아무 말도 하지 않는다. 지금의 엄마는, 자신이 어떤 사람인지 알아가는 중이니까. 느리게, 아주 느리게.

그래도 내가 아는 몇 개의 단면도 엄마니까. 엄마는 시험공부로 스트레스를 받는다고 하면 괜찮다거나, 공부를 더 해야 한다거나, 참아야 한다고 말해주는 사람은 아니었고 새벽 두 시에 우리를 차에 태워 월미도로 드라이브를 떠나는 사람이었다. 별이 많을 줄 알고 왔지만 월미도의 밤하늘도 도시와 다를 게 없었다. 그래도 월미도 칼국수는 맛있었지. 답답하면, 그곳이 못 견디게 답답하면 언제든 뛰쳐나가야 한다고 알려준 건 엄마였다. 부부는 일심동체라서 그런가. 엄마가 아픈 이후에는 아빠가 그 말을 자주 한다. 참는 건 없다. 참는 건 병이다. 참지 마라. 뭐든 참지 말고 슬프고 답답하면 그곳을 벗어나라. 그렇게 살아도 된다.

인문계 고등학교를 죽어도 가기 싫다는 나를 데리고 엄마가 간 곳은 놀이동산이었다. 엄마는 롤러코스터를 못 타는데 그날 나를 설득하겠다고 롤러코스터를 탔다.

"엄마도 싫고 무서운데 탔잖아. 그러니까 너도 싫고 무섭지만 한 번 해봐. 아직 안 해봤잖아. 해보고 아니면 말면 되지."

그렇게 인문계 고등학교에 입학했다. 해보니…… 정말 더 싫고 영 아닌 것 같아서 1년을 채 다니지 못하고 예술고등학교로 편입했지만.

우울해서 살기 싫다는 나에게, 남몰래 죽음을 결심하던 나에게 엄마는 소주를 건넸다. 돌이켜 보건대 아마 물이었을 것이다. 하나도 쓰지 않고 밍밍했으니까. 그렇지만 그때 나는 그게 정말 소주인 줄 알아서, 하나도 쓰지 않다고 했더니 엄마는 "그만큼 지금 네 삶이 쓰다는 거야. 너 정말 힘들구나" 했다. 그 뒤로는 그 힘으로 성인까지 버텼다. 나는 소주가 달게 느껴질 만큼 힘든 미성년자다, 하고.

엄마는 내가 스물한 살에, 엄마 나이 마흔다섯에 뇌출혈로 쓰러졌다. 지주막 아래에 있는 뇌 대동맥이 파열되는 심각한 뇌출혈이었고, 보통은, 그러니까 병의 통상적인 결과가 대부분 사망이라는 그 병에서 엄마는 죽지 않고 살았다. 뇌 일부분이 죽어 감정 조절, 기억, 인지능력 등이 갓난아이와 다름없었지만. 사람들은 엄마가 젊어서 버틴 거라고 했다. 노인들이 대부분인 뇌 질환 병동에 똘망똘망한 얼굴로 앉아 있는 엄마를 보면 사람들은 젊어 아파서 어쩌냐며 입을 모았다. 맞아, 엄마는 젊지. 젊을 때 아파서 산 거지. 그런데 이제 조금씩 엄마가 아픈 나이가 되어가 보니 알겠다. 엄마는 이번에도 젊은 게 아니라 어렸다.

올해 명절도 엄마와 함께 보냈다. 감정 조절이 어려운 엄마는 쉽게 짜증을 내고, 사람을 꼬집고, 식기를 던지거나 우리를 때린다. 간병 4년 차까지는 엄마랑 싸우기도 하고, 앞에서 서럽게도 울어보고, 다 놓고 집에 가버리기도 했는데 이제 언니랑 나는 9년 차 간병인이라 엄마가 때려도 깔깔 웃고, 엄마가 늘어나도록 잡아도 되는 옷들을 입으며 엄마가 식사를 거부하면 우리 먼저 밥을 빠르게 먹는다. 내가 화를 낼 때, 같이 화를 내는 엄마였다면 마음이 좀 편했으려나. 그런데 엄마는 도통 그런 엄마가 아니어서, 우리 자매도 결국 엄마 같은 어른이 되어간다. 엄마가 화를 내면 휠체어를 끌고 세 시간씩 공원을 돌고, 어느 곳이든 휠체어를 민다. 끈질기게 엄마의 지구를 넓히기 위해.

할머니는 엄마가 쓰러진 이후로 몸이 급격히 안 좋아지더니 3년 뒤에 돌아가셨다. 할머니가 돌아가셨다는 말은, 어려진 엄마에게 하지 않았다. 지금도. 엄마는 아무것도 기억하지 못하지만 그래도 할아버지를 보면 울고, 삼촌들을 보면 울고, 우리를 보면 웃는다. 이름도 기억하지 못하면서 "사랑해"라는 말은 잘한다. 엄마의 뇌는 잊었을지언정 엄마의 몸이 기억하고 있다. 나는 자주 엄마의 이마에, 뺨에, 손등에 입을 맞춘다. 버텨줘서 고마워, 기억해줘서 고마워, 엄마 몸아, 그런 의미로.

나는 아무리 아름답게 이야기를 꾸며도 단 한 사람 인생의 아름다움을 다 담아내지 못한다고 믿는다. 내가 살아보지 않은, 심지어 읽을 수도 없고 볼 수도 없는 그 인생만큼 신비롭고 아름다운 게 있을까. 엄마의 뇌는 잊었지만 엄마의 몸이 기억하고 있는 삶을, 나는 자주 들여다본다. 엄마의 손가락, 팔꿈치, 목, 다리, 무릎……. 모든 곳에 틈 없이 새겨진 삶의 흔적을. 나는 나의 빈약한 상상력으로 내가 가진 엄마의 단면 몇 개를 자주 이어붙이며 엄마의 삶을 쓴다. 언젠가 또 내 곁을 떠난 소중한 사람의 삶을 그렇게 쓰겠지. 그렇게 차곡차곡 내 안이 타인의 삶으로 가득 채워졌을 때, 그때 나도 내 삶을 잘 마무리 지어야지.

**

혜은 　내가 빈 최초의 소원은 뭐였을까?

　기억은 안 나지만 친구들을 초대한 생애 첫 생일파티에서 일렁이는 촛불을 눈앞에 두고 빈 소원이 '미미 인형을 갖게 해주세요'나 '올해는 두 발 자전거 타게 해주세요' 같은 건 아니었으리라 확신한다.

　사는 동안 몇 번이고 눈앞에서 실려 나가는 엄마를 마주했다. 그럴 때마다 나는 이불을 뒤집어쓰고 눈을 감는 대신에, 주변의 온갖 좋은 풍경들 앞에서 모든 신을 데리고 와 엄마가 제발 죽지만 않게 해달라고, 고개를 들고 두 눈을 똑바로 뜨고 빌었다. 언제 어디서든 원할 때마다 엄마의 건강을 바랄 수 있게끔 말이다. 그래서인지 아주 오래전부터 나는 심심풀이로 비는 소원에서조차 엄마의 건강 말고 다른 것을 빌어본 적이 없다.

　그래도 몇 번, 퇴근길에 무심코 본 보름달이 너무 크고 환한

96

밤이라든가, 내 삶이 너무 쪼그라들어서 작은 성공이나 요행을 바라게 될 때는 슬그머니 내 몫의 바람을 되뇌기도 했는데 끝에는 결국 이런 말을 덧붙였다.

"그런데 사실 이런 건 다 필요 없어요. 그러니까 엄마가 아프지 않고 오래 살아가게 해주세요. 꼭이요."

소진

얼마 전에는 초등학교 때부터 쓰던 옷장을 버렸다. 여동생과 함께 쓰는 작은방에서 옷장을 꺼내기 위해서는 문짝부터 뜯어내야 했다. 드라이버로 나사못을 하나하나 분리한 뒤 망치로 옷장의 상단 부분을 세게 내려치기를 몇 번, 보다 못한 아빠가 톱을 들고 와서 원목의 기둥 부분을 절단하기 시작했다. 엄마는 멀쩡한 걸 또 내다 버린다고 아예 안방 문을 닫고 들어갔고, 아빠와 나는 장장 한 시간 동안 옷장을 분리한 뒤 조각난 나무판자를 엘리베이터로 세 차례 실어 날랐다. 마지막으로 옷장의 문짝을 싣자 안쪽에 유성 매직으로 빼곡히 적힌 이름들이 눈에 들어왔다. 전학 가기 전까지 내내 같은 반이었던 친구부터 쉬는 시간에 몇 번 체육복이나 리코더를 빌린 게 전부였던 이름까지. 언제부터인가 누군가의 이름을 잊을 수도 있다는 생각에 친구들의 이름을 옷장 안쪽에 적어두었다. 얼굴도 이름도 잘 아는 친구에게 전처럼 인사를 하는 게 쉽지 않다는 걸 알게 된 이후부터는 이것도 하지 않았지만. 그 이후에도 나는 매일이 조금씩 지겨워질 때마다 무언가를 버렸다. 손이 잘 가지 않는다는 이유로 이것저것 버릴 때마다 엄마는 자꾸 그렇게 버리기만 하면 속이 헐어버린다고 했고, 아빠는 마음이 뻥 뚫린다면 다 버려도 된다고 했다. 마음이 유약한 나의 부모는 늘 저마다의 방식으로 나를 대했다. 그래서일까. 나는 줍기도 잘 줍고, 버리기도 잘 버리는 사람이 되었다. 내가 다 버려도 괜찮다고 할 사람이 있고, 아무것도 버리지 못해도 잘했다고 할 사람이 있으니까.

아빠도 눈 내리면
눈사람 만드는 사람이었네

선란 감기에 걸렸는데, 제가 5박 6일 동안 호텔에 있었거든요.

혜은 되게 플렉스 한 명절이었죠.

선란 완전요. 저희 집이 휠체어가 있기엔 조금 불편해요. 엄마
가 오면 하루 종일 텔레비전 앞에만 앉아 있어야 하는 수
준이라서, 명절에는 어느샌가 호텔을 많이 다녔어요. 레
지던스 호텔 같은 곳들도 있고, 휠체어가 그 안에서 자유
롭게 움직일 수 있을 정도의 크기로. 근데 방이 크니까 난
방을 아무리 올려도 안 따뜻해지는 거예요. 내내 추위에
떨고 잠도 하루에 서너 시간밖에 못 잤고, 엄마가 열이 나
니까 식사를 제대로 못 해서 둘 다 밥을 잘 못 먹었어요.
엄마 밥이랑 약 먹이고 나면 밥맛 없어서 안 먹고 이러다
보니까 명절이 끝날쯤에 거짓말같이 오한이 들기 시작한
거예요. 저는 언젠가 명절에 관한 얘기를 하고 싶었어요.
우리나라의 명절이 요즘에는 옛날만큼 마냥 행복하게 포

99

장할 수 없기도 하잖아요. 명절을 보내는 방법도 정말 다양해졌고. 특히나 팬데믹 때에는요. 두 분은 어떻게 보냈는지?

소진 저는 연휴 내내 경주에 있었어요. 최근에 안팎으로 힘들다는 생각이 들어서요. 이번 명절이 또 유독 길었잖아요. 제가 수학여행 말고는 경주에 가본 적이 없어서 출발할 때 아예 휴대폰도 집에 두고 갔어요.

혜은 어머. 저는 연휴 때 부모님 댁에 있었어요. 이번에도 온전히 명절 내내 부모님이랑 있었죠. 부모님이 농가주택을 개조해서 살고 계시는데, 굉장히 산속에 있고 댁 바로 위에 묘가 하나 있어요. 윤곤강이라는 시인의 묘인데, 일제강점기에 작품 활동을 한 문인이고, 당진 출신 작가예요. 그래서 시에서 묘를 관리하거든요. 부모님이 작년에 이사 오시고는 "혜은아, 우리 집 뒷산 위에 어떤 시인의 묘가 있다"고 하셨어요.

선란 묘를 처음 본 거예요?

혜은 원래 있었는데 제가 외면했었나 봐요. 거기에 꽃다발이 항상 놓여 있는데 이번에 눈이 예쁘게 내린 덕분에 하얀

눈 속에 빨간색 꽃이 꽂혀 있는 걸 본 거죠. 그게 눈에 밟혀서 이번에 한번 가보자 싶었어요. 시인의 시도 읽으면서 마음이 조금 풀어졌던 것 같아요. 예전에는 그런 감각이 없었거든요. 집에 가면 좀 더 피곤한 느낌이었어요. 그래봤자 엄마 아빠 딱 두 명 더 있는 집인데, 소란하게 느껴지고 한마디씩 나를 걱정한다고 하는 얘기들이 잔소리처럼 들리고요. 이들의 얘기엔 왜 내성이 안 생길까, 이런 시기가 있었는데 삼십 대가 넘어가서 그런지, 오히려 더 애가 되는 것 같은 거예요. 가면 그냥 '아, 그래, 아직 응석 부려도 되나?' 이런 생각도 들고. 문득 부모님이 원래는 나의 보호자였다는 게 느껴지면서 조금 뭉클하기도 해요. 이번에 안 게, 아빠가 2년 후면 칠십이라는 것을 제가 잊고 있었다는 거예요.

선란 심리적인 안정감이 진짜 커요. 저도 어머니를 저희가 보살피고 다 케어해요. 그래서 가끔 그렇게 생각할 때가 있었거든요. 엄마의 보호자가 우리인 건 맞지. 이제 어디에서도 보호자 칸에 우리 이름을 쓰곤 하니까. 근데 그냥 엄마가 있다는 것만으로도 얻어지는 위안이 있어요. '나는 엄마가 있지' 이 생각?

혜은 네, 그런데 아빠가 곧 칠십이라니까 '아빠 이제 할아버지

네?' 싶은 거예요. 말마따나 이제 곧 할아버지가 되는 아빠가 저한테 눈사람을 만들자고 했어요. 그래서 "눈사람을 만들자고?"라고 되물었는데 "눈이 많이 내렸으니 한번 만들어야지" 하는 걸 보면서 우리 아빠가 눈사람을 만드는 사람이었다는 걸 처음 안 거예요. 서른셋이 되어서야.

선란   이런 게 되게 기분 이상하지 않아요?

혜은   너무 이상했어요. 엄마랑은 또 〈지금 우리 학교는〉을 같이 보면서 엄마가 좀비물을 좋아한다는 사실도 처음 알았고…….

선란   참, 이번에 호텔에 있으면서 명절 음식을 하나도 안 먹었거든요. 각자 좋아하는 명절 음식 베스트도 들어보고 싶어요. 저는 일단 약과를 진짜 좋아해요. 전은 다 싫어하거든요. 갈비찜 같은 것도 옛날부터 잘 안 먹었고. 약과는 항상 그 동글동글한 거 하나를 들고 와서 친척들 몰래 방안에서 하나씩 떼서 먹었어요.

소진   꽃무늬. 맞아, 맞아.

혜은   꽃잎 떼듯이? 세상에. 너무 귀여워.

소진   저는 잡채에 든 목이버섯을 진짜 좋아해요.

선란   집마다 잡채 스타일이 다 다르잖아요. 저희는 어묵을 넣
        거든요.

소진   어묵도 넣고. 얇게 길게 썰어가지고.

혜은   저희 집은 전을 좋아해서 저는 배추전.

소진   밀가루 얇게 입힌 배추전이 진짜 맛있지.

혜은   저 배추 한 통은 먹은 것 같아요. 또 저희 집은 전골을 자
        주 해 먹었어요. 전골도 손이 참 많이 가잖아요. 엄마가
        저 왔다고 오랜만에 끓였는데, 아, 맛있더라고요.

선란   또 좋아하는 거 하나 있다. 친척들 다 가고 나서 남은 잡
        채랑 나물로 하는 육개장이 있어요. 잡탕!

소진   고사리 잔뜩 든…… 맛있겠다. 어우, 빨리 집에 가야겠는
        데?

명절의
장면들

선란 명절하면 떠오르는 기억들도 듣고 싶어요.

혜은 저는 친할머니만 살아계세요. 조부모님들이 다 돌아가
셔서. 근데 살아계신 친할머니가 102세예요. 그리고
거동이 불편하시기 전까지는 할아버지가 생전에 지은
집에 오래 사셨거든요. 저희 아빠가 태어나 자라고 결
혼하는 모든 과정을 지켜본 집이었죠. 지금은 헐었지
만 그 집에 제 유년의 추억도 끼어 있다는 게 요즘 들어
문득 좋아요. 명절이나 방학 때 시골집에 내려가면 아
빠 옆에 앉아 아궁이에서 불을 때고, 그러면 방이 금방
따뜻해지는 경험 같은 거요. 아주 어렸을 때 기억을 얘
기하는 거예요. 또 한복을 제가 꼭 입고 갔어요. 한복
입고 불 가까이 가서 아궁이에 신문지 찢어서 넣으면
한복이 무조건 탔어요. 한번은 빨간색 한복 입고 갔다
가 닭들이 저를 쪼았어요. 그래서 닭을 좀 무서워해요.

선란 뭔가 우리 세대까지만 남아 있을 어린 시절의 기억인
것 같다.

혜은   정말. 여러분들 '저 사람 몇 살이야?' 싶으시죠?

소진   저도 에피소드 하나 있어요. 저희 집이 큰집이어서 매년 명절 음식을 엄마가 하셨거든요. 엄마가 손이 진짜 빨라요. 어떤 정도냐면, 명절 음식이야 아침에 후다닥 하고 김치도 새로 담글 정도랄까. 그때까지 저는 엄마가 음식 하는 게 싫다고 생각한 적이 없었어요. 평생 익숙하게 봐온 풍경이니까. 그러다 제가 열한 살이었을 때, 명절 전날 엄마가 교통사고를 당했어요. 근데 저희 막내 고모가 엄마가 병원에 입원한 상황에서도 명절 음식 어떡하느냐는 얘기를 한 거예요. 그래서 아직도 기억이 나는데 제가 가만히 칼을 열심히 갈다가……

혜은   뭘 갈아?

선란   칼? 칼을?

혜은   칼을 왜 갈았어?

소진   그러니까 내가 마음속으로 칼을.

선란   어우, 난 진짜 병실에서 칼 갈았다는 줄 알고.

소진   혼자 칼을 갈다가 저녁에 아빠가 오시자마자 바로 앞
        에서 눈물을 뚝뚝 흘린 거죠. 분에 가득 차서 나는 이
        제 친할머니도 보기 싫고 고모도 보기 싫고 아무도 안
        보겠다고. 저희 집이 그때 이후로 음식을 안 해요. 그
        다음 해부터는 친할머니랑 고모가 식구들 먹을 것만
        하시고요. 그리고 저는 음식 다 해놓으시면 항상 너무
        맛있다고 리액션 잔뜩 하다 오고요.

선란   저는 친가에 있다가 외가로 갈 때가 기억나는데 저희
        도 엄마가 맏며느리고 작은엄마랑 두 분이 일을 다 했
        어요. 당연히 싫었죠.

혜은   부글부글하지.

선란   또 아빠가 매번 전날 술을 많이 마셔서 아침 일찍 외가
        에 가야 되는데 늦게 일어나요. 엄마가 그것 때문에 열
        받아서 면허를 땄거든요. 아빠 그냥 태우고 가려고. 저
        는 친가 친척들이랑 이상하게 사이가 약간 안 좋아요.
        고모들이 되게 직설적인 말도 많이 하시는 분들이라
        만나면 왜 이렇게 살쪘냐는 얘기를 아무렇지 않게 하
        시고요. 어렸을 때는 너무 싫었어요. 그래서 외가를 가
        는 게 좋았는데 외가에서 저희 엄마는 막내 여동생이에

요. 위에 삼촌이 세 명 있어요. 외할머니랑도 친하고요.

혜은   환대받는 분위기인 거죠.

선란   네, 친척 오빠들만 많아서 딸 둘이 오면 "너 우리 집 가
자" 이런 얘기를 해요. 근데 크면서 알았어요. 왜 우리
가 갔을 때 삼촌들이 있었을까. 원래 마주치면 안 되잖
아요. 우리 엄마랑 새언니랑 마주치면 새언니가 늦게
가는 거잖아요. 그러니까 우리 엄마랑 외숙모는 마주
치면 안 되고 고모들이 우리 엄마를 만나서도 안 되는.
그렇게 해야 우리 엄마도 빨리 가듯이 외숙모들도 빨
리 집에 갔을 텐데, 항상 우리가 가면 밥을 다 차려놓
고 계신 거예요. 어렸을 때 외숙모가 너무 좋아서 외숙
모 있으면 가지 말라고 떼쓰는 바람에 저녁쯤에 가셨
거든요. 어느 순간부터 그게 이상했는데 외할머니 돌
아가셨을 때 딱 한 명 있는 친척 언니가 "너는 모르겠
지만 너네 외할머니는 진짜 최악의 시어머니였어" 이
러는 거예요. 순간 내가 그곳에서 받았던 환대는 그런
거였구나, 생각이 들더라고요.

혜은   나이가 찰수록 친척들이라는 오묘한 관계성을 느낄 때
또 괜히 엄마를 보호하고 싶은 그런 마음도 들고요.

선란 그리고 일기에 관련된 건데 저는 가끔 제가 일기에 써 났던 어떤 사건들을 모른 척하고 싶다는 생각을 해요. 이번에도 엄마가 너무 짜증을 내거나 힘들게 하면 저는 손을 쓸 수가 없어요. 엄마의 체구가 언니랑 저보다도 훨씬 크세요. 키도 크시고 체격도 있으셔서 언니는 예전에 엄마를 잘못 들어서 허리가 나갔고 힘쓰는 건 웬만큼 제가 다 해야 되거든요. 너무 부칠 때마다 가끔은 진짜 모른 척하고 싶어요. 내 가족을. 혼자 나가고 싶다 생각하다가도 이것도 내 삶이기 때문에 글을 쓸 수 있다고 꾸역꾸역 인정하고 사는데, 혹시 여러분한테도 부정하고 싶지만 끌어안을 수밖에 없는 삶의 한 부분이 있는지 궁금해요.

혜은 아무래도 엄마죠. 저희 엄마는 제가 아주 어렸을 때부터 크고 작은 병치레를 하느라 툭하면 병원으로 실려 가던 게 아직도 너무 선명하거든요. 그래서 엄마가 언제든지 내 곁을 떠날 수 있다는 걸 늘 염두에 두고 있어요. 한번은 대학생 때 무심코 엄마한테 전화를 걸었는데 안 받는 거예요. 계속 여러 번 해도. 갑자기 무서워져서 천안 자취방에서 버스 타고 집에 갔어요. 당연히 아무 일도 없었죠. 그냥 휴대폰 알람에 무감했던 거예요. 집 문을 여는데 안도감과 허탈함이 느껴지고 부모님은 저를 보고 뜨악하셨어요. 가끔 그렇게 불안 버튼이 눌릴 때가 있어요. 최악의 상황이 상상되어버리는. 이게 제가 가져가야 하는, 짊어질 수밖에 없는 마음이라고 생각해요.

선란 그 마음이 뭔지 너무 공감해요. 부모님한테 쉽게 말할 수는 없지만요.

혜은 소진은요?

소진 갑자기 한 장면이 생각났는데요. 대학교 첫 축제 때 엄마가 아빠랑 크게 싸워서 한 며칠 집을 나갔어요. 저는 축제니까 놀고 있다가 엄마한테 전화가 와서 예대 앞 주차장에서 만났고요. 저는 원래 앞에서는 담담한 편이거든요. 그래서 "엄마 여기 왜 왔어?" 그랬더니 "그냥"이래요. 그다음에는 어딜 가느냐고 했더니 "어디든 가야지"라고 그러더라고요. 거기서 제가 "그래, 그럼 나 축제니까 갈게요" 하고 나갔단 말이에요. 그러니까 막 슬프기만 한 일은 아닌데 그때 생각해보면 엄마한테 갈 데가 진짜 없었구나 싶어서 울컥해요.

선란 저는 제일 큰 기억 중 하나가, 엄마가 일찍 결혼했어요.

스무 살에 결혼을 해서 친구가 없었어요, 많이. 제일 친했던 사람 중에 아모레 이모라고 아모레 화장품 회사 다니는 이모가 있었어요. 엄마가 진짜 좋아했고 저한테도 친이모 같은 존재였는데 그분이 제가 열일곱인가 열여덟인가에 갑자기 돌아가셨어요. '엄마도 슬프겠지'라는 생각은 했는데 그때는 그게 어떤 감정인지 몰랐거든요. 그러다 엄마가 차에서 우는 걸 보게 되었어요. 갈 데가 없는 거예요. 누군가 죽고 아픈, 그런 일을 항상 이모랑 풀다가 이모가 없으니까…….

혜은 맞아요. 내가 부모의 외로움을 포착했을 때 되게 사무쳐요.

선란 모른 척하고 싶지 않아요?

혜은 내가 본 부모님의 외로움은 감당이 안 돼요. 일부만 봤을 뿐인데요. 알아버리면 안 될 것 같고, 아는 순간 나를 덮쳐올 것 같고. 저는 엄마랑 6개월 동안 대학교 때 같이 살았어요. 엄마가 너무 유난해서. 엄마랑 아빠는 뜻하지 않게 주말 부부를 하고 학교에도 소문이 다 났죠. 그 어린 나이에 얼마나 싫었겠어요. 그래서 엄마가 "오늘 몇 시에 와?"라고 문자 보내면 "몰라 늦겠지" 이렇게 뚝뚝하게 답장하곤 했는데, 어느 날 엄마한테 사과하고 싶더라고요. 그래서 얘기를 꺼냈어요. 근데 엄마가 자기는 그것보다 아침에 제가 나가고 나면 제 뒷모습을 보면서 '나도 혜은이랑 같이 대학생이었으면, 혜은이가 다니는 강의실도 가보고, 혜은이가 고백했다가 차였다는 그 남자 얼굴도 보고, 너랑 나랑 친구였으면 얼마나 좋았을까' 그런 생각을 방에서 했다는 거예요. 정말 펑펑 울었어요.

소진   어머니도 만감이 교차하셨을 것 같네요…….

선란   어쨌든 이렇게나마 가족 얘기를 하게 되었어요.

소진   명절은 명절인가 봐요.

결혼식
프로 참석러

소진 일기

또 한 번의 결혼식이 끝났다. 10월에만 격주로 두 번의 결혼식이 있었고 앞으로 언제 또 청첩장을 받을지 모른다. 스물여섯에서 일곱, 여덟, 아홉 그리고 서른. 이십 대 후반이 된 이후로 아니, 정확하게는 한글 받침이 시옷에서 비읍으로 바뀌고 나서부터 청첩장을 받는 일이 많아졌다. 누군가 내게 잘 지내느냐는 물음과 함께 모바일 청첩장을 보내면 대개 아무 생각 없이 가는 편이다. 친구 오빠의 결혼식에 가기 위해 당일치기로 부산을 다녀오기도 했고, 어쩌다 점심 예식이 겹칠 때는 택시를 타고 얼굴만 비춘 적도 있다. 의리에 살고 의리에 죽는 타입도 아니고 나중에라도 있을 품앗이를 위함도 아니다. 오히려 내가 주인공인 결혼식은 도무지 상상하기가 어렵다. 터무니없이 느껴지는 예식 비용이나 형식적인 틀에서 크게 벗어나지 않는 결혼식 문화에 대한 반발 역시 아니다. 서른의 나는 결혼이 무엇인지 모를 뿐이다.

누구보다 결혼이 하고 싶던 날도 있었다. 그때는 결혼보단 타인의 삶에 무임승차를 하고 싶었다. 나보다 조금 더 책임감 있고, 경제관념을 갖춘 사람이라면 혼자보다 둘이 낫겠다 싶었다. 그도 그럴 것이 이 나라는 정상 가족을 지향하고 그나마 기댈 수 있는 대출도 신혼부부 전세 대출이 아니던가. 어차피 사랑에 유효기간이 정해져 있다면 그보다 더 끈적끈적하고 긴밀하기까지 한 대출 공동체가 되는 편이 낫지 않을까. 하지만 지금의 나는 누군가의 아내보단 나 자신이고 싶다. 아직 그 어떤 말로도 정의할 수 없는 나를 조금 더 지켜보고 싶다.

한 시절 알고 지냈던 이의 결혼식에 갈 때마다 신랑, 신부보다 이제는 만나지 않는 사람을 떠올릴 때가 많았다. 누군가와 관계를 매듭짓는다는 건 더는 그의 삶에 관여하지 않는다는 의미이고 인생의 특별한 순간마다 서로의 곁에 없을 거란 예고일 테니까. 그런 생각이 들 때면 불안하거나 속상하기보단 차라리 다행이다 싶었다. 서로의 마음을 자꾸 들여다보고 헤아려주는 게 결혼이라면 더더욱 자신이 없었다. 그래서일까, 누군가 나를 더는 보고 싶지 않다고 말할 때면 화가 나기보단 선선히 인정하게 된다. 나도 아는 나를 너도 알게 되었구나, 싶은 마음. 우리 엄마랑 아빠랑 동생들만 알았던 부분들을 너도 알게 되었구나, 싶은 것.

지금까지 만난 애인과 모두 결혼식에 갔었고 한 번을 제외하고는 번번이 싸우고 집에 돌아왔다. 단정한 차림으로 만나 서로의 지인들과 인사를 주고받고 평소보다 조금 더 많이 먹는 일. 아침에 입고 나온 옷과 신발이 거추장스럽게 느껴질 때쯤 무엇보다 가장 불편한 건 알 수 없는 표정으로 내 앞에 서 있는 사람이었다. 그러면 나와 상대는 서로 아무런 말이 없어도 무슨 생각을 하느냐고 묻지 않았다. 그러다 누가 잘못한 것도 없는데 별거 아닌 일로 꼬투리를 잡기 시작하다 언성이 높아지면 가까운 지하철의 개찰구나 집으로 가는 광역버스 정류장에 혼자 남아 있을 때가 많았다. 어디로 가는 건지 알 수 없는 남자가 씩씩대고 가버리고 나면 나는 따라갈 생각도 못 하고 그 자리에 가만히 서서 내가 타야 하는 버스의 도착 시각을 헤아렸다.

얼굴만 봐도 어색한 사람을 한두 명 마주칠 것 같은 결혼식이나 같이 밥 먹을 사람 하나 없는 결혼식에는 친구나 여동생을 데리고 간다. 그렇게까지 불편을 감수할 필요가 있느냐 싶지만 상대에게 내가 일부러 자리를 피했다는 인상조차 남기고 싶지 않다. (보통 이런 경우 상대는 나에 대해 아무런 생각도 하지 않을 확률이 높다.) 내 예산보다 축의금을 두 배 이상 내더라도 같이 밥 먹을 사람이 없으면 답례품도 못 챙긴 채 쫄쫄 굶은 상태로 도망치듯 집으로 돌아와야만 하기에 경제적 부담은 감수하는 편이 낫다. 사실 누가 있다고 해서 불편한 마음이 아예 사라지는 건 아니므로 결혼식이 끝난 이후 집에 와서도 배가 살살 아프기 시작한다. 배가 아프다면서 매운 떡볶이를 주문하거나 속이 더부룩하다면서 맥주를 연거푸 들이켜는 것 역시 관례처럼 자리 잡은 지 오래다. 전 애인 결혼식에라도 다녀온 사람처럼 무슨 중세시대도 아니고, 이렇게 고도화된 사회에서 우리가 결혼이라는 관습에 얽매여 살아야 하느냐며 구시렁대다가 남은 주말도 허송세월 보낼 것까지야 없었지만 말이다.

직장 동료나 일을 통해 만난 사람의 결혼식에 참석할 때는 다년간의 경험으로 완성한 매뉴얼대로 움직인다. 아무리 검정이 칙칙해 보인다 해도 심플 이즈 베스트. 무난한 것만큼 제 역할을 톡톡히 해내는 것도 없다. 지난 연말정산 때 큰맘 먹고 산 시폰 소재의 칼라 원피스는 단연 무적의 아이템이다. 이미 정해진 옷과 신발을 챙겨 입은 후에는 최소 예식 30분 전에 도착해서 신부 대기실로 간다. 신부와 가벼운 안부를 주고받은 후 기념사진을 찍는 것도 잊지 않는다. 그다음은 중간에서 끝 쪽에 앉아 예식 내내 자리를 지킨다. 단체 사진을 찍을 때쯤 식사 장소로 이동한다. 몇 해 전부터 단체 사진 찍는 일을 삼가고 있다. 듣기로는 그 사진은 일종의 미래 출석부로 나중에 신랑, 신부가 그걸 보고 누가 왔는지 확인한다고 한다. 하지만 나는 내가 왔는지 안 왔는지 기억하는 게 뭐 중요한가 싶고, 무엇보다 한 시절이 저무는 상징처럼 느껴져서 내키지 않다. 예식이 끝난 후 대망의 뷔페에서는 일식, 양식, 한식, 디저트 순으로 총 네 접시에 나눠 식사를 한다. 음식이 맛있다는 이유로 평소보다 많이 먹으면 집에 가기도 전에 지하철 화장실에 갇혀야 한다.

되지도 않는 매뉴얼까지 만들어가면서 결혼식에 임하는 데는 괜한 실수를 하고 싶지 않은 마음이 지배적이다. 과한 옷차림이나 부주의한 행동으로 상대의 마음을 상하게 하고 싶지 않다. 무엇보다 인생의 소중한 순간에 나를 초대해준 이의 마음에 조금이나마 보답하고 싶다. 그런데도 예상치 못한 일로 내내 불편한 마음을 안고 있어야 할 만큼 결혼식은 변수가 많다. 나름대로 성의를 보인 축의금 액수가 호텔 식대에 미치지 못했을 때부터 중요한 순간에 휴대폰 배터리가 부족해서 제대로 된 사진을 남기지 못하는 일까지. 그뿐만 아니라 결혼식은 누군가의 시작인 동시에 한 시절의 끝맺음이기도 해서 실상 결혼식 이후에 따로 만나지 않은 사람들도 많다. 처음에는 마냥 아쉬웠던 일들이 당연한 수순처럼 여겨지는 걸 보면 그간 다녔던 결혼식이 많은 교훈을 남겼음이 분명하다.

미혼인 나는 여전히 결혼이, 사랑이, 약속이 삶의 어떤 의미인지 잘 모르겠다. 자신이 없다고 말하는 편이 더 맞겠다. 나 자신도 내다 버리고 싶을 때가 많은데 내가 아닌 다른 사람과 알 수 없는 미래를 약속하는 게 가능하긴 한 걸까. 어쩌면 내가 상상도 못하는 기적을 보고 싶은 마음에 결혼식 프로 참석러가 된 것은 아닐까. 올해도 나는 계절별로 결혼식에 갈 것이고 친구의 편지에 한 번, 부모님의 눈물에 두 번, 신부와 신랑이 서로를 마주 볼 때 세 번 울겠지. 작년보다 더 나약해진 것 같은 소화기관을 탓하면서 뷔페에서 한숨을 내쉬기도 할 것이다. 그러다가도 집으로 돌아오는 길이면 편의점으로 가 네 묶음에 만 천 원짜리 맥주를 고르며 지금 내게 주어진 삶에 충실하기 위해 노력할 것이다. 내가 산 맥주를 다 마시는 게 올해 서른이 된 나의 책임감이니까.

⁂

선란　　　가장 힘들었던 시기에 가장 큰 힘이 되었던 사람과 연말에 연락이 닿았다. 우린 진득하고 진중하고, 배려 깊게 만났고 이별도 그러했다. 각자의 꿈을 응원했으나 그 길을 앞으로 함께할 수 없음을 마음이 알았다. 헤어진 이후 서로의 소식을 모른 채 살다가 그가 호주에 있다는 걸 알게 되었다. 고민하다 SNS를 팔로우했고, 머지않아 그가 나를 팔로우했다. 필명을 써서 내가 작가가 된 줄 몰랐다던 그. 전자책으로 바로 내 책을 사서 읽었다는 그. 마지막에 눈물이 고였다는 그의 말이 못내 기분 좋다. 좋은 사람을 만났구나.

내 한 시절이 그로 인해 많은 위로를 받은 게 맞았구나. 언제고 소식을 듣고 싶은 소중한 인연이다. '그런 인연이 있음' 그 자체가 기쁨이다.

혜은　｜　사귀던 애인이 한국에 왔다. 사귀던 애인이라니. 어색한 말을 썼네. 꼭 지금 내 마음 같다. 분명 3년 전에 헤어졌는데…… 톡톡 책방 통유리창을 두드리는 그 애를 보니 그냥 한때 어울렸던 사람과 오랜만에 만난 것 같았다.

　오랫동안 우리가 헤어진 이유를 납득하지 못했던 그 애는 긴 대화 끝에 마침내 인정하듯 미안하다고 했다. 연애 기간이 긴 우리 사이에는 서로의 안위만큼이나 안부가 궁금한 사람들이 제법 있었다. 가족의 안부까지 꼼꼼히 묻고 났을 땐 마치 할 일을 다 했다는 듯 웃었다. 만나는 동안 한국의 혹독한 겨울을 겪은 탓에 그 애는 가을에도 두꺼운 재킷을 챙겨 왔는데, 온화해진 날씨에 아무래도 가벼운 재킷을 사야겠다고 했다. 나는 조금 고민하다 혹시 내 도움이 필요하면 말하라고 답장했고, 이어진 메시지는 없었다.

　그대로인 메시지 창을 보는 기분은 유쾌하지 않았다. 따끔거리지 않은 것을 그나마 다행으로 여겨야 하나. 그때, 아무런 기대 않던 마음에도 서운함이 들 수 있다는 걸 느꼈다.

세 사람의
결혼 이야기

선란 소진이 제일 어린데 결혼식을 많이 가요.

소진 저는 주변에 친구보다 언니, 오빠들이 많아서요. 언제 고 같이 실버타운에 살자고 하더니 하나둘 배신을 하 고 있네요.

혜은 다들 그렇게 떠나죠.

소진 결혼식에 관해서 한 번쯤 얘기를 나누고 싶었어요. 사 석에서 결혼식이 주는 피로감에 대해 곧잘 말하곤 했 는데요. 이제는 너도나도 결혼을 하니까 그 말이 실례 가 되는 것 같아서 삼가고 있어요. 조금 겸허한 마음으 로 그 자리에 충실하자고 생각하고요. 혹시 두 분은 인 상적이었던 결혼식이 있나요?

혜은 저는 참석한 식이 몇 번 없어요. 그래도 인상적이었다면, 제가 하객으로 간 첫 결혼식의 주인공이 제 오랜 친구였는데 굉장히 어린 나이에 결혼을 한다고 해서 주변 무리가 꽤 놀랐죠. 또 연애를 얼마 안 한 거예요. 제 친구랑 몇 개월 만났나? 되게 스피드한 과정을 보면서 '저 친구 잘 살아야 할 텐데' 하는 걱정도 어린 마음에 너무 많이 했어요. 근데 지금 거의 한 10년 가까이 지났는데, 못 살 것 같다는 얘기를 한 번도 안 한 거 보면 운명이었던 거죠. 그분과는.

소진   친구 첫 결혼식이 아무래도 가장 기억에 남죠.

혜은   또 생각난 게 제가 부케를 받은 적이 한 번 있어요.

소진   결혼에 관심 없는 당신이요?

혜은   그러니까 왜 그랬을까? 그때 친구가 부케 받을 사람을 못 정해 고민하는 상황이었어요. 그 부케가 갖는 상징적인 의미가 있잖아요. 받고 몇 개월 안에 결혼 못하면 몇 년을 더 못한다. 저는 어차피 결혼을 안 할 거기 때문에 3년 후에 못하든 어쨌든 아무 상관이 없었던 거예요. 그래서 그냥 산뜻하게 멋진 옷 입고 충실한 하객으로서 꽃 받고 사진 찍는 걸 즐겼던 것 같네요.

소진   프로 하객이네요, 혜은은. 그럼 혹시 각자가 꿈꾸는 결
        혼식 이런 건 있어요?

혜은   결혼식? 식은 있죠. 결혼에 대한 거 말고.

선란   혜은은 자신이 주인공인 무대가 있어야 되는 거야, 지
        금. 인생에 한 번쯤은.

혜은   그런가 봐! 그래서 결혼식은 옛날부터 화려하게 하고
        싶었어요. 미국 슈퍼볼 같은 무대 있잖아요.

소진   지금 무슨 소릴 하는 거예요?

혜은   그 정도의 화려함은 있어야죠. 옷을 한 세 번 정도 바
        꿔야 돼. 본식 입장할 때 입는 보통의 드레스 한 벌 그
        리고 뭐 이브닝드레스 한 번 입고 하객들한테 인사할
        때 입는 옷도. 그래서 결혼식 날엔 저만 있어야 돼요.

소진   신랑 없이요?

혜은   그것도 좋겠지만 일단 시간이 길 테니까 그 식장에는
        저희만 있어야 되는 거예요.

선란   결혼 전야제네요.

소진   진짜 이렇게 방대한 꿈을 갖고 있는 사람 오랜만, 아니 처음 보는 것 같아요.

선란   이게 타당하다고 느껴지는 부분 중 하나는 우리나라에 파티 문화가 없잖아요. 그러니까 드레스를 입고, 평소에는 하지 못했던 차림을 마음껏 뽐내고, 놀고, 표출할 수 있는 문화가 없어요. 요즘에는 그게 할로윈 때 터진다고 생각해요. 사람들은 코스프레를 통해서 자기가 좋아했던 어떤 캐릭터를 흉내 내며 축제처럼 놀잖아요. 어쩌면 혜은이 꿈꾸는 결혼식은 어렸을 때 봤던 예쁜 드레스부터 시작해서 화려한 착장을 정당하게 입을 수 있는 자리, 내가 빛날 수 있는 자리. 이런 게 아닐까요?

혜은   그렇죠. 그래서 만약에 한다면 진짜 파티처럼…….

선란   폭죽 터뜨리고 최애 그룹 멤버들 오고.

혜은   어? 최애가 내 결혼식에? 속상하다. 그들이 하객으로 오는 거잖아요. 누구 하나 내 옆에 서지 않고.

선란   제가 또 말을 잘못 꺼냈네요······ 소진도 있어요?

소진   오래전부터 결혼식 자체를 안 하는 게 로망이에요. 엄마가 저와는 다르게 좀 인싸예요. 저랑 여동생이 맨날엄마한테 "엄마 안산 시장 선거 언제 나가?" 이럴 정도로요. 같이 쇼핑이라도 가면 과일 코너에서도 생선 코너에서도 아는 사람을 만나고, 지나다 보면 또 만나고.게다가 경조사란 경조사는 다 챙기시고. 그런 그녀가자식 결혼식에서 취할 행동을 생각만 해도 피로한 거예요.

선란   엄마는 많이 필요 없고 청첩장 한 300장만 줘.

소진   주변에 귀한 사람이 많다는 건 삶을 좋은 방향으로 잘일궈온 거죠. 저는 그런 걸 되게 번거로워하는 사람이고요. 대신 고등학교 때부터 제 환상은 웨딩드레스를챙겨서 세계 여행 다니는? 그러니까 매일매일 결혼하는 기분으로, 그날그날 만난 사람한테 사진 찍어달라고 하고. 잘 나오지 않아도 상관없잖아요. 정말 우리 둘이 기념하고 싶은 걸 기념하고 싶어요.

선란   셋이 너무 다르다는 걸 느끼네요. 저는 숲에서······.

소진　이쪽은 또 무슨 소리 하는 거예요?

선란　(웃음) 제 꿈이 숲에서 그 나무의 종이 정확히 기억은 안 나는데, 엄청나게 큰 가로수들이 있는 숲에서 제가 초록색 드레스를 입고 하는 거였어요. 정해진 길이 없는 숲에서 하객들이 나무 사이에 듬성듬성 앉아 있고 저는 나무와 구별되지 않는 초록색 드레스를 입고, 뷔페 이런 것도 치우고 그냥 피크닉 세트를 대접할래요!

독신은 결혼하지 않겠다지
외롭겠다가 아니잖아요

소진   그래서 저희가 독신에 가깝다는 게 결혼식이 거의 동화 속 이야기 같잖아요? 만약 독신으로 산다면 어떤 삶을 일구고 싶으세요?

혜은   현실적인 생각들을 많이 하게 되는 것 같아요. 제가 진짜로 비혼을 유지할 수도 있겠다는 생각을 요즘 하는데, 그럴 때 일단은 할 수 있는 노동을 계속하면서 큰 병에 걸리지 않았으면 좋겠어요. 환상이 없는 거예요. 독신으로 사는 게. 되게 진지하게 나는 독신으로 살 건데 가능한 한 아프지 않았으면 좋겠고 내 몫의 삶을 최소한 지금과 비슷한 사이즈로 꾸준히 책임져야 된다고 생각해요. 큰 욕심은 없고 품위를 지키는 독신, 그런 시니어로 나이 들 수 있을까? 미래에 관한 개인의 다짐과 계획이 실천 가능한 사회이면 좋겠는데 말이에요. 적어도 이 선택을 한 스스로가 마음에 들기 위한, 그런 현실적인 고민이 많아요. 주변 친구들이 꾸린 가정의 모습들을 응원하고 부러워도 하고 내 몫의 삶을 가끔은 외로워도 하겠지만, 그래도 여전히 제 선택에 대한 만족감을 느끼면서 살아가는 모습을 그리고 있어요. 결혼에서 갑자기 독신 얘기할 때 마음이 좀 서늘해지고, 나 정말 잘 살아야겠다는 스위치가 딱 켜져요.

선란 현실적으로 '홀로서기'를 위해 필요한 것들이 몇 개 있죠. 하나는 집, 건강, 그리고 어떤 반려의 형태. 그러니까 그게 동물이 될 수도 있고 반려 인간이 될 수도 있죠. 어쨌거나 말년에 내 옆에 있어 주는 존재. 사실 독신은 결혼을 하지 않겠다지 외롭겠다가 아니잖아요. 무엇이든 마음을 줄 수 있는 존재라면 외롭지 않을 수 있으니까. 그걸 잘 찾는 게 일인 것 같아요.

소진 저는 결혼을 해도 언제든 독신으로 돌아갈 수 있는 준비가 필요할 것 같아요. 이 관계가 뒤틀렸고 이제 저 사람 그만 보고 싶고 갈라서야 될 때 경제적인 걸로 묶여서 어쩔 수 없이 살거나 이러지 않았으면 좋겠어요. 아까 혜은이 말한 것처럼 나의 1인분 정도를 무조건 책임질 수 있는 어른 둘이 만나야 결혼이 된다고 생각해요. 나오고 싶을 때 또한 미련 없이 나올 수 있는 경제적인 준비요.

선란 그래서 소진이 일기에 그런 표현 쓰지 않았나요? 무임승차하고 싶었다.

소진 아, 그렇죠. 남의 인생에 숟가락 얹고 싶은 순간이 분명 있었죠.

선란 꼭 그런 거잖아요. 그러니까 경제적인 부분뿐만 아니라 내가 어떤 직업을 가져야 되는지 어떤 가치관을 갖고 살아야 되는지 혼자 하기 벅찰 때 타인의 꿈에 동승하거나 그 사람의 경제관이나 생활에 스며들어서 흡수되는 걸 원할 때가 있죠.

소진 스스로 착각하게끔 만드는 것 같아요. 내가 원하는 미래가 이거야, 내가 이 사람이랑 사는 게 내가 원하는 거라고. 내 삶에 자신이 없으니까. 저는 거의 그랬던 것 같아요.

혜은 나로 사는 걸 다 내가 혼자 선택해야 한다고 생각하면 아득할 때가 있어요. 그렇게 살아야 되는데 만약 나보다 거대한 삶이 존재하고 내가 거기에 편입만 하면 된다? 너무 편리하다고 느낄 수도 있죠. 나를 좀 미뤄두되 안전한 상태로 있을 수 있다는 믿음이기도 하니까요. 결혼이 그렇다는 게 아니라 이런 무임승차하고 싶은 마음이요. 제 이전 연애가 이랬거든요. 끊임없이 결혼을 원하는 친구였고 그 친구가 보장하는 것들이 저한테 되게 달콤하게 느껴졌던 적이 있어요. 저도 당시에 그 친구랑 결혼하면 해결될 것처럼 보이는 현실적인 혹은 심리적 문제들이 몇 개 있는 거예요. 그때 문득 깨달았던 것 같아요. 이런 상상만으로 결정하면 분명히 후회하겠구나. 그래서 타인의 삶에 무임승차하고 싶은 마음이 뭔지 오랜만에 다시 생각했던 것 같아요.

소진 무임승차하면 막 두근두근하잖아요, 계속. 그 열차를 무사히 내릴 때까지. 근데 사실 내가 가지 않은 길은 모르는 거니까. 어떻게 보면 나를 안정적인 공간에 들여놓는 것도 쉽지 않은, 원대한 선택이라고는 생각해요.

선란 그렇죠. 그러니까 이유가 중요하죠. 친구 중에 일찍 결혼한 친구가 있는데 그 친구를 만나면 항상 서로 부럽다는 얘기를 해요. 제 친구는 너무 행복해요. 아이도 있고 결혼 후에도 배우자랑 존중하는 사이라서 완벽한데 행복을 위해서 결혼을 하느냐와 결혼을 했더니 행복했다, 이건 묘하게 다르잖아요. 저 모습이 부러우니까 저렇게 살아야지 하고 뛰어들었다가는 너무 후회할 것 같고. 우리는 뭔가 늘 가지 않는 부분들을 부러워하는 것 같아요.

혜은   저도 가정을 꾸리고 아이를 낳고 부모가 되어가는 사
람들을 보거나 혹은 제 친구들이 그걸 준비하는 모습
을 보면, 그런 선택들이 대단하잖아요. 존경스러운 부
분도 있고 그 결심들이. 근데 나는 못할 것 같다는 생
각이 들어요. 결혼이 저한테는 너무 거대한 거예요. 누
군가와 함께 긴 시간을 약속하며 살고 경우에 따라 부
모가 되어가고 새로운 가족들과 더 큰 공동체를 이루
는 것들이 지나치게 크다고 생각해서 경외심 같은 게
있는 것 같아요. 아무튼, 중요한 건 서로 다른 삶의 행
복을 비교하는 것이 아니라, 미래에 어떤 모습으로 사
는 내가 더 마음에 들지를 관찰하고 고민하면서 지금
을 돌보는 거죠.

소진   어쩌면 더 진지한 독신이 되는 길을 가고 있는 거라고
생각해요. 저는 일기 마지막에도 얘기했는데 화려한
싱글에 대한 환상이 아직도 있거든요. 〈섹스 앤 더 시
티〉의 캐리처럼. 화려하고 구애받지 않는? 독신에 대
한 환상이 있습니다.

혜은   끝없는 자유를 홀로 멋있게 누리는 그런 포지션이 있

잖아요. 비혼의 여성을 생각했을 때.

소진 마트 같은 데서 아임 리얼 딸기 이런 비싼 거 턱턱 사고.

혜은 오가닉으로만 모든 냉장고를 채우고. 뭔지 알지? 무드 있잖아. 화려한 싱글 생각하면 나오는. 일단 유기농이 어야 되거든.

소진 유기농이어야 하지.

선란 나한테 아낌없이. 사실 결혼을 해서도 그렇게 사는 게 맞는데 현실적으로 힘들다고들 하니까.

혜은 맞아. 그게 꼭 돈의 규모가 아니어도 결혼을 하면 나 외에 집중하게 되는 구성원들이 있으니까. 선란에게 독신은 어떤 이미지예요?

선란 저는 일단 강아지가 많은 이미지. 그리고 돈을 많이 벌고 싶어요. 어떤 사람들은 돈에 큰 욕심이 없을 수도 있지만, 그리고 생각보다 돈 욕심 없는 사람들이 많더라고요. 그냥 살 만큼만 벌면 된다, 이런. 혼자 살더라도 저는 돈을 많이 벌고 싶은데 유기 동물에 대한 지원을 하고 싶어요. 그리고 최근엔 보육원 시설에서 후원을 받아야만 꿈을 펼칠 수 있는 아이들을 많이 생각해요. 사실 가족이라는 형태를 떠올렸을 때 제일 두렵고 막연한 게 아이 같아요. 저는 자신이 없어요. '내가 나와 다른 아이를 낳을 수 있을까?' 그런 생각들이 있다 보니까. 근데 친구가 결혼해서 아이를 낳았는데 걔를 보는 순간, 친구한테 말은 안 했거든요. 이 생각이 딱 들었어요. '나 진짜 열심히 벌어서 내 친구 아이가 뭔가를 하고 싶은데 금전적으로 힘이 들 때 모든 걸 다 지원해줄 수 있는 친구가 돼야겠다'는 생각이. 그 이후로 이 세상에 존재하는데 지원받지 못하거나 소외받는 아이들이 많다는 게 너무 슬픈 거예요. 그래서 돈을 진짜 진짜 많이 벌어서 그런 쪽으로 쓰면 혼자 살아도 완전 바쁘지 않을까요? 팔십, 구십까지? 심심할 수가 없을 것 같아요. 아이들은 늘 태어나고 세상에 모든 것들은 공평하게 돌아가지 않으니까. 그런 일을 좀 해보고 싶다는 뭔가 저보다 과한 꿈이 미래에 있어요.

소진　한국 결혼식 문화에 대한 생각은 어때요? 저는 최근에 결혼식 다니면서 신기했던 게 주례 있는 식이 하나도 없었어요. 사회를 섭외하는 경우도 보이고요.

선란 저희는 엄마가 아프잖아요. 휠체어를 타고 있고요. 근데 최근에 결혼한 친구가 상견례 자리부터 시작해서 구색이 맞아야 된대요. 많이 바뀌었다고 하지만 때에 따라서 부모님 중 한 분이 아프다거나 아니면 부모님 중 한 분이 안 계신다거나 하면 어떻게든 정상 형태로…….

혜은 정상 가족을 구현하려 하죠.

선란 그래서 고모나 이모가 대신 간다거나 하더라고요. 저는 생각이 없으니까 언니의 결혼식을 가정해서, 엄마가 휠체어 타야 되니 드레스 안에 운동화를 신겠다, 엄마를 어떻게 데리고 와서 어떻게 하고, 나는 그 뒤에 앉아 있다가 엄마 화장실 가고 싶다 그러면 빨리 다녀오겠다 등의 계획을 다 세웠어요. 근데 그게 안 될 수도 있는 거예요. 아버지한테는 여쭤보지 못했어요. 무서워서요, 사실. 아직 결혼식이라는 문화가 부모님을 위한 행사이고 양가 집안사람들이 오는 자리이고 상대편 집안이 어떻게 생각할 줄 아니까 신경이 쓰일 수밖에요. 좋은 분들이면 상관을 안 하겠지만서도요.

혜은 나쁜 관습이랄까, 편견으로 인해 시대적 감수성이 떨

어지는 분들이라면 상식 밖의 일이 일어날 수도 있는
거죠.

선란 그러니까 결혼식 끝나고 나오는 길에 이혼 도장 찍는
거죠. 우리 언니 성격이라면 그렇거든요. 그런 상황이
오지 않으면 좋겠더라고요. 너무 무섭고 우리는 정말
상관이 없는데 만약에 어른들이 그걸 원하지 않고 가
끔 때에 따라서 상대방 집안에서도 "결혼식에 휠체어
는 좀" 이런 얘기를 한다면, 그때 나는 어떻게 하지? 사
실 오지 않은 상황이지만 어쩔 수 없이 미리 생각하는
습관이 있다 보니까 그런 문화들이 슬픈 것 같아요.

혜은 형식이 세워놓은 벽 같은 것들이 있는데 그게 너무 견
고하잖아요, 지금 우리나라는. 그 바깥의 것들에 대한
여유가 없어요.

선란 지인들의 결혼식을 가면, 물론 저는 그들이 행복하기
를 바라지만, 그 이미지를 볼 때 기이하다는 생각을 많
이 해요. 우리나라에 실제로 그런 정상 가족, 도덕책에
나올 것 같은 부모님에, 가족 구성에, 완전히 행복한
가정이 얼마나 있을까요? 마치 그것만 있는 것처럼 꾸
며진 상황들이 가끔 어색하게 느껴져요.

소진   누구에게나 아빠가 있을 거라는 전제가 폭력적으로
       다가오기도 하고요.

혜은   손을 건네주는 행위의 의미도 포함해서 의례 같은 것
       들을 다시 생각해볼 시간이 우리 세대로 넘어오고 있
       는 거죠.

소진   저는 결혼식의 뷔페가 또 문제잖아요. 너무 많은 음식
       물 쓰레기가 나오니까. 그래서 오히려 요즘은 뷔페 말
       고 딱 상차림으로 나오는 경우도 있어요. 이번에 간 결
       혼식에서는 식사를 아예 못 하고 왔어요. 육고기를 안
       먹은 지 3년이 넘었는데 메뉴가 갈비탕 하나더라고요.
       옵션이 전혀 없어요. 다른 변수를 생각해보지 못한 거
       니까. 물론 나 때문에 갈비탕 안 돼! 이럴 수는 없겠지
       만 더 다양해지면 좋겠더라고요.

선란   뷔페 문제는 생각지도 못했어요.

소진   음식물 쓰레기가 정말 많이 나오잖아요. 음식이 엄청
       버려지고 뷔페라는 특성상 어쩔 수 없는 것도 있지
       만……. 이제 더 섬세한 고민이 필요한 것 같아요. 모두
       가 행복하기 위해서는.

선란 이 결혼식 음식물 쓰레기 문제가 머리에 꽉 눌려 담겨
서 생각을 많이 하게 되네요. 바뀌었으면 좋겠어요. 문
화 자체가 좀 더 결혼하는 당사자들 중심이었으면 좋
겠고, 꾸며진 가족 형태가 아니었으면 좋겠고, 누구에
게라도 부담이 없었으면 좋겠습니다.

그래, 내 삶엔
얘가 있었지

혜은 일기

커튼에 달아둔 J의 편지를 읽다가 문득 답장을 써야겠다고 생각했다. 연재 중인 소설의 탈고를 마치고 며칠 후였다.

소설을 쓰는 동안 영화 팸플릿 사이즈 정도인 그 편지를 자주 올려다보곤 했다. 작업도 안 되고 글 한 줄도 읽고 싶지 않은 날, 그렇다고 책상을 완전히 떠날 수는 없고 일단은 뭔가 떠오를 때까지 붙잡힌 듯 앉아 있어야만 하는 그런 날. J의 편지는 잠깐 내 곁에 머물다 가는 조용한 친구가 되어준다. 손을 뻗어 집게를 떼고 편지의 앞면을 뒤집어 내용을 읽지 않아도 그 얇은 종이 한 장이 내 마음에 친 장막은 꽤 두텁다.

언제부터 이 자리에 있었는지는 모르겠다. 처음 편지를 받았을 땐 분명 침대 헤드에 붙여두었는데 어느새 거실 캐비닛 문짝으로 옮겨지더니 지금은 책상 커튼의 한 주름을 차지하고 있다. 작업 중간중간 목과 어깨 스트레칭을 하며 눈을 맞추기 딱 좋은 높이로. 시기마다 내가 가장 많은 시간을 보내는 곳에서 이 편지와 함께이고 싶었던 게 아닐까 생각한다. 무슨 토템처럼.

J의 편지가 책상 가까이에 있듯이 가장 최신 버전의 나는 언제든, 무슨 작업으로든 몰입할 준비를 마친 날들을 보내고 있다. 쉽게 조급해지고 빠듯해지는 나를 침착하게 만들어주는 건 종종 J의 몫이 된다. 나는 분홍색 편지를 그저 바라보면서, 7년 전 한 달 차이로 입사한 J와 파티션 너머로 어색하게 인사를 나누던 시절로부터 시간이 이만큼이나 흘렀다는 것을, 손에 잡히지 않는 그 시간이 어딘가로 사라진 게 아니라 내내 나의 곁에

있었음을 확인한다. 삶이 이어져 있다는 감각. 너무 거대해서 혹은 너무 자그마해서 알아볼 수 없었던 삶이 예측할 수 없는 방식으로 다가와 나에게 안부를 전하는 것 같을 때, 나는 비로소 뭔가를 시작할 기운을 얻는다. 부족해 보였던 밑천이 슬금슬금 차오르고, 결국 나를 좀 더 믿어보기로 한다. 아무래도 혼자서는 어려운 일이라 나에겐 이런 순간이 꼭 필요하다.

이때의 마음은 연재 플랫폼에 올라온 소설 속 '작가의 말'에도 드러나 있다.

"삶은 지나쳐 가는 순간의 연속이 아니라 낯설고도 익숙한 도착지에 데려다 놓는 순환의 연속이라고 생각한다. 삭제한 일기, 잊어버린 말, 흐릿해진 사람……. 우연한 타이밍이 불러일으킨 기억들은 하나같이 '지금'을 위해 멀리서부터 달려온 것 같다. 그러니 살아 있는 동안엔 반드시 한 번 이상의 삶을 사는 셈이 아닐까. 문득 다시 태어나고 싶다는 생각이 들 때면 그런 식으로 스스로를 위로해왔다."

그리고 여느 때와 달리 J의 편지 그 뒷면을 읽고 싶어진 날. 작가의 말을 고스란히 돌려받는 기분이었다. 언제 읽어도 힘이 날 수밖에 없는 따뜻한 편지라고 여겼는데, 짐작보다 훨씬 더 이 시점의 나에게 맞춤한 이야기가 쓰여 있었기 때문이다.

편지에서 J는 새 반려식물을 데려왔다는 소식을 전했다. 하룻밤 자고 일어나면 눈에 띄게 새로운 싹을 틔워내는 식물이 얼마나 기특한지 모른다고, 그게 꼭 나 같다고 했다.

"햇빛을 좋아하는 애는 햇빛이 잘 드는 곳에, 바람을 좋아하는 애는 바람 잘 드는 곳에 두고, 지는 해는 너무 뜨거울 수 있다고 해서 네다섯 시쯤부터 시시각각 해의 동태를 확인하며 '지는 해다!' 싶으면 바로 커튼을 닫아버리지."

그해 J의 일상은 요즘의 나와 크게 다를 바 없었다. 나 역시 작업실 책상에 세 개의 크고 작은 화분, 그리고 집에도 두 개의 작은 화분을 기르고 있으니까. 모두 자의로 들인 것은 아니고, 불쑥 선물 받은 것들이다. 공간을 열고 꾸준히 글을 쓰면서 기념할 만한 날에 식물이 도착하면 당황했다. 줄곧 문외한이라고 여겨졌던 영역이므로 '기른다'라는 말이 익숙해진 지도 얼마 안 됐다. 제발 죽지 않기를 바랐고 매일매일 '살린다'에 가까운 심정이 컸으니까. 그 필사적인 날들에 점차 흥미가 붙었고, 돌보는 일의 뿌듯함이 기르는 일을 향한 막연한 두려움보다 무럭 자란다는 것을 깨닫기 시작하면서 이제는 작은 식물이 주인공의 그림자처럼 등장하는 소설까지 쓰게 되었다.

그런데 일찍이 나를 식물에 빗대어둔 J의 목소리를 읽자니 별거 아닌 우연이, 작은 연결이 찡했다. 무엇보다 이 마침맞은 내용이 당시의 나에게 지금과 같은 온도로 가닿진 않았을 것 같았다. 바로 그런 이유에서 이 편지를 오랜 시간 적재적소에 두며 애지중지했다는 게 신기했다.

또한 편지가 이렇게 시작한다는 것도 마치 처음 읽는 심정으로 알게 되었다.

"나는 무조건 좋은 결과를 바라는 사람이기보다는 네가 큰 탈 없이 그 과정을 잘 지나가기를, 또한 중간 과정이 어떻든 다 지나간 후에 네가 @!#% 같았지만 그래도 하길 잘했다, 라고 말하길 바라는 사람으로 있으려고."

나의 널뛰는 마음을 진정시켜주는 J의 응원은 이때부터였을까. 그래서 나는 읽지 않고서도 편지에 의지했던 걸까. 무엇이든 하길 잘했다의 마침표를 찍기 위해서.

이어지는 편지에는 그 시절 J의 괴로움이 반듯한 글씨로 남아 있다. 5년 정도 흐른 지금. J는 과거 스스로에게 바랐던 것들을 모두 노력 없이 아주 자연스럽게 해내는 것처럼 보인다. 겁도 호기심도 많아서 늘 조심하며 세상을 걷지만, 그러므로 자기만의 속도와 착실함을 잃어버릴 리 없는 J.

내가 이 편지에 답장을 썼던가?
나는 J의 편지를 J에게 돌려주고 싶었다.

조우리 작가의 소설 《이어달리기》에는 편지에 적을 말을 수첩에 먼저 써본 다음 편지지에 가지런히 옮기는 주인공이 등장한다. 그리고 실수할까 봐 연습하는 거냐고 묻는 연인에게 이렇게 답한다. "보내고 나면 내가 쓴 편지는 다시 읽을 수가 없으니까." 그 말은 또 한 번 이렇게 뻗어나간다. 답장은 없어도 괜찮다고, "내가 너에게 어떤 말을 주었는지 내가 알고 있으니까. 기억하니까. 그러면 충분"하다고 말이다.

편지 장인 J도 편지를 쓰기 전에 워드나 메모장에 초고(!)를 쓴다는 것은 알고 있었지만, 그걸 간직하지는 않을 것 같았다. 그래서 나는 지금 쓰는 이 글과 크게 다르지 않은 내용의 편지를 J에게 보냈다.

느린 답장을 쓰면서 우리가 예전처럼 뭔가를 한창 지나가고 있는 이야기보다, 다 지나고 난 뒤의 이야기를 더 자주 듣는 삼십 대가 된 것 같아 잠깐 쓸쓸했다. 서로의 자초지종을 너무 늦지 않게 나누는 거리에 있자고 약속했지만, 그럼에도 놓치고 말 어떤 순간을 위해서, 보험처럼 작은 책을 함께 건넸다. 에세이 《마음도 번역이 되나요》는 다른 나라 말로 옮길 수 없는 세상의 낱말들이 모여 있는 특별한 사전인데, (예컨대 이런 말, '발다인잠카이트(Waldeinsamkeit)'라는 독일어는 '숲속에 혼자 남겨진 기분, 편안한 고독감, 그리고 자연과 맞닿은 느낌'을 담은 단어라고 한다. 현대인들이 거의 느끼지 못하는 거대한 기분을 이 한 단어가 고요히 품고 있다.) 어느 날의 J에게 누구와도 쉽게 나누기 힘든 시간이 쌓여갈 때 이 책이 그의 곁에서 꼭 알맞은 말을 들려준다면 좋겠다. 아무래도 내 편지보다는 책이 좀 더 믿음직스러울 테니.

나는 편지의 마무리 인사를 적는 순간을 가장 좋아한다. 긴 편지 쓰기가 끝나서는 아니고, 편지를 받는 이에게 내가 어떤 사람이고 싶은지 새삼 확인할 수 있기 때문이다. 물론 J에게 건넨 인사는 J만 알 수 있도록 남겨둬야겠지.

  P. S. 답장을 건넨 지 일주일이 지나 다시 J와 만났다. 설마 했는데, J는 새 편지를 준비해 왔다. 편지 속에서 J는 이번에도 새로 키우고 있는 식물 하나를 나로 빗대면서 이렇게 말했다. 나를 보면 식물을 보듯 '아, 그래, 내 삶에 애가 있었지'라는 기분이 든다고. 무릇 식물은 그런 존재이니까. 다음 만남에 우리는 각자 새 반려식물을 들이기로 했다. 아마 미래의 우리는 그 식물들을 무심히, 때로는 극진히 돌보면서 생각하겠지. '그래, 내 삶엔 애가 있었지.' 그리고 다시 또 서로에게 건넬 편지를 쓰고 말 것이다.

**

선란 한 달여에 걸쳐 두 번의 이사를 하고 있다. 하나는 작업실이고, 다른 하나는 자취집 이사다. 2년간의 연남동 작업실 생활을 마무리하던 날, 모든 짐이 다 빠진 작업실에는 그곳에 처음 들어왔을 때 샀던 50만 원대의 원목 식탁 하나만 남아 있었다. 너무 크고 무거워 가져갈 수도 없는 원목 식탁을 헐값에 당근마켓에 내놓으며, 우리는 몇 번이고 식탁을 닦았다. 누군가 이 가구를 하찮게 볼까 봐, 그게 조금 걱정되었던 것 같다. 그렇게 다정한 부부에게 원목 식탁이 팔렸다. 가구를 보러 온 부부는 "작업실로 쓰셨나 봐요"라고 물었고, 나는 그

144

렇다고 대답하며, 이 식탁 덕분에 잘되어 나간다고 말했다. 그러니 당신들도 무슨 일을 하든 식탁의 기운을 받아 잘될 거라고.

작업실을 나오던 날, 우리는 바로 앞에 있던 인생 네 컷 부스에서 사진을 찍고 그 뒷면에 서로에게 편지를 썼다. 약속이나한 듯이 똑같이. 2년 동안 우리가 글을 포기하지 않았음에, 서로가 서로에게 아주 큰 버팀목이 되었음에, 그리고 계속 글을 쓸수 있음에 감사하다는 내용이었고, 우리는 2년 동안 지겹게 걷던 길을 마지막으로 또 지겹게 걸으며, 앞으로 우리가 해야 하고, 할 수 있고, 하고 싶은 일들만 생각하기로 했다.

소진　　여행을 다니다가 마음 가는 곳이 있으면 담배를 한 대 피워야겠다고 다짐했고 그 결심은 생각보다 선선히 이루어졌다. 내 인생 두 번째 담배 스승은 이번 여행에서도 캐리어 대신 백팩 하나만 덜렁 메고 온 웅희였다. 여기 와서 산 거라고는 담배 한 갑과 성냥 묶음밖에 없는 스승은 내게 겉담배 태우는 방법을 알려줬다. "네 앞에 커다란 커피잔이 있어. 거기 든 음료를 조금씩 마신다고 생각하면 돼. 우리는 커피를마실 때 입으로 음미하지 코로 마시지 않잖아. 담배도 마찬가지야. 담배 연기를 애써 콧구멍으로 넘길 필요 없어. 천천히 커피를 마신다고 생각해봐." 탁월한 스승의 가르침 아래 담배 한 대를 손가락 사이에 끼우고 필터가 눅눅해져서 다 녹을 때까지 피웠다. 다 피운 담배의 필터를 살살 벗겨내 고명재 시인의 시집

《우리가 키스할 때 눈을 감는 건》에 수록된 시 〈소보로〉 오른쪽에 붙이고 나니 마음이 후련했다. 그날도 여느 때와 다름없이 편의점에서 과하다 싶을 만큼 다디단 유부 우동을 사고, 꾸덕한 까망베르 치즈와 딸기 롤케이크를 샀다. 여섯 개가 한 묶음인 올해의 한정 맥주를 두 캔씩을 나눠 먹으면서 그날그날 쓴 돈을 계산하기도 했다. 나는 웅희에게 새로 산 파란색 니트를, 시인은 자기보다 훨씬 마른 웅희에게 여행 와서 한 번도 입지 않은 코르덴 바지를 건넸다. 우리가 담배를 나눠 피우고 옷을 바꿔 입는 동안 열흘이 훌쩍 지나 있었다.

꼭
편지할게요

혜은 이 일기를 쓸 때 소진 생각을 많이 했어요. 편지에 또 일가 견이 있는 친구니까. 여러분은 최근에 누구한테 편지를 쓰거나 받았는지, 관련한 일화를 나누면 어떨까 싶어요.

소진 최근에는 진짜 거의 못 쓴 것 같고, 어제 국제우편으로 책을 보낼 일이 있었거든요. 그래도 이왕 보내는 김에 편지를 쓰자고 다짐하고 지난 주말부터 시도했지만 결국 면지에다가 간단한 새해 인사만 적어 보냈어요. 어느 순간부터 편지를 쓰는 게 좀 어렵게 느껴지더라고요.

선란 어떤 점에서요?

소진 내가 나를 너무 따뜻한 사람으로 포장하는 느낌을 지우기가 어렵더라고요. 잘 속이는 느낌?

혜은 그건 이제 소진의 생각일 텐데, 보통 편지 잘 쓰는 사람들이 그런 생각을 하는 것 같아요.

선란 제가 편지를 어려워하는 이유랑 달라서 신기해요. 저는 진심을 다 말해야 하는 게 싫어요. 뭔가 속이지 않고 다 털어놓게 되잖아요, 편지에서는.

혜은 쓰고 나면 구구절절해지는 부분이 있지.

소진 기억에 남는 편지는 있어요. 제가 파리에 있을 때 매일 편지를 썼다고 했잖아요. 저는 헤어질 때, 흔히 연인들이 하는 물건 정리를 안 하거든요. 귀찮아서. 근데 편지는 달라고 엄청 질척댔어요. 정말 매일 썼고 내가 그곳에서 느꼈던 감정을 그대로 담은 거였죠.

혜은 받았나요?

소진 못 받았어요.

혜은 안 준 심리는 또 뭘까요? 본인도 간직하고 싶었을까요? 어쩌면 자기 몫이라고 생각했을 수도 있겠네요. 소진의 일상까지.

소진 그렇기는 하죠. 어떻게 보면 내가 써서 준 거니까. 그런데도 계속 달라는 나도 웃기고, 안 준 것도 웃기고. 가끔 그 편지를 생각하면 궁금은 해요. 내가 어떻게 살았는지. 선란은 최근에 편지 받은 적 있어요?

선란 쓴 적은 없고 편지는 아니지만, 12월 말에 〈일기떨기〉에 쓴, 지난해의 이십 대를 정리하는 일기를 읽고 댓글이 하나 달렸어요. mj982님께. 엄마랑 아버지한테 삼십 대가 다가오는 자식에게 어떤 얘기를 해주고 싶냐는 질문에 대한 답이었고요.

혜은 저희가 조언을 받는다 그랬잖아요. 근데 독자님이 부모님께 여쭤본 거예요.

선란 맞아요. 제가 그걸 작업실에서 읽고 울었어요. 그분의 어머님이 해주신 말씀이 옛날에 우리 엄마가 했던 얘기랑 너무 비슷하고 실제로 엄마가 그렇게 얘기했을 것 같은 거예요. 그걸 읽고 찡해져 있는데 하필 그날 제가 이십 대 마지막이니 언니한테 거하게 연말 선물을 하겠다고 처음으로 63빌딩 레스토랑에 간 거예요. 제 로망이었거든요. 언니랑 가서 밥을 맛있게 먹고 났는데 언니가 삼십 대 맞이 선물이랑 편지를 줬어요. 그렇게 집에 온 새벽에 편지를 읽었어요. 저도 그렇고 저희 언니도 그렇고 성격이 좀 투박해요. 저는 소설을 쓰지만 편지를 어려워하고 일기를 별로 안 좋아해요. 제 감정 꺼내는 걸 못하거든요. 회피형이에요. 어떤 마음에 앞서서 좋아하고 누리기보다 차단하는 성격이라. 근데 언니도 마찬가지거든요. 그런 사람이 편지를, 심지어 프린터로 뽑아서 준 거예요. 편지에 제가 기억 못 하는 어떤 일에 대한 사과도 있었고. 이십 대 때 너를 챙겨주지 못한 게 미안하다고 하면서 마지막에 '내가 엄마는 아니지만 엄마라면 이렇게 말했을 것 같아'라고…… 아 또 슬퍼지네. '너무 잘 자라줘서 고마워'라고 써 있는데 갑자기 눈물이 후두둑 떨어지는 거예요. 그 자리에서. 그래서 나도 꼭 언니 생일에 답장을 해야겠다 다짐했어요. 혜은은 최애한테 편지 쓰시나요?

혜은 쓴 적 있죠. 모두한테 각각 다른 내용으로 썼어요. 이 친구한테 하고 싶은 말과 저 친구하고 싶은 말은 좀 다르거든요. 아, 그리고 최근에도 편지를 쓸 일이 있었어요. 제 첫 책 《일기 쓰고 앉아 있네, 혜은》을 펴낸 출판사에서 크리스마스 이벤트를 했거든요. 책을 읽은 독자분들이 제게 안부를 전해주시면 거기에 대한 추천 도서와 손편지로 답장을 하는 이벤트였죠. 생각해보니 독자들에게 편지를 쓰는 건 처음이었어요. 독자들의 후기에 제가 답글을 몰래 달고 온 적은 있어도 정확히 그들의 이름과 주소와 사연을 알고 답장을 보내는 게 특별한 경험이었죠. 근데 그중 한 분이 저랑 이름이 똑같으신 거예요.

소진   성도요?

혜은   성은 달랐어요. 그분도 어떤 작가가 자기랑 이름이 똑같으니까 신기해서 책을 집어 들었는데 다 읽은 다음에 10년 일기장을 사셨다고 해요. 그분한테 답장을 써야 하니까 첫 문장으로 '혜은 님께' 이렇게 적었는데 그것만으로도 이미 마음에서 차르르르 올라오는 게 있더라고요. 스스로한테 말을 거는 느낌도 들고요.

선란   저 그 기분 뭔지 알 것 같은 게 제가 최근에 북토크를 갔는데 어머님께서 사인을 받으러 오셨더라고요. 근데 저희 엄마랑 이름이 똑같은 거예요. 제가 우리 가족, 아빠랑 언니한테는 사인본을 선물했는데 엄마한테만 할 기회가 없었거든요? 굳이 해준 적 없다고 해야 하나? 아무튼 그래서 사인하는 동안 그분께 "죄송한데 저희 어머니랑 이름이 같으세요"라고 하는 순간 눈물이 확 차오르는 거예요. 너무 감사했어요. 그냥 그 이름이신 게.

혜은 엄마 얘기해서 생각나는 게 크리스마스 때 엄마한테 카드를 썼어요. 지난 크리스마스를 엄마랑 보냈거든요. 그러면서 엄마한테 카드를 쓴 지가 언젠지 곰곰 생각해보니 까마득한 거예요. 아주 어릴 때는 기념일마다 썼죠. 항상 말미에 '엄마 말 잘 듣는 착한 딸 될게요'라고 적었고요. 유년기의 클리셰잖아요. 근데 곱씹어 보니까 '아, 내가 이제 그런 말을 약속하지 않아서 이렇게 모나고 뾰족한 딸이 됐나?' 싶은 거죠. 마치 그 말을 주문처럼 계속 걸었어야 했는데 안 한 것처럼. 그래서 카드에 그렇게 썼어요. '새해에는 엄마 말 잘 듣는 착한 딸이 될게요.' 그랬더니 엄마가 너무 좋아하는 거지. 엄청 해맑게 "진짠지 한번 본다?"라고 했어요. 얼마나 둥글둥글하게 굴러가는지 보겠다고.

턱 끝에 걸려
나오지 않는 말들

혜은 저희 편지를 부치고 싶은 사람이 있다면 공개적으로 말해볼까요?

소진 저는 이 질문 받자마자 바로 떠올랐는데 〈일기떨기〉 언니들한테 편지를 써야겠어요. 사실 격주로 보니까 갑자기 그러면 서로 민망하잖아요. 근데 올해는 해야 할 것 같아요. 제가 편지를 좋아하는 이유 중 하나가 제때 해야 할 말을 할 수 있기 때문이거든요. 근데 〈일기떨기〉라는 모임이 나는 너무 좋고, 지금 이 감정을 안 남겨두면 또 아쉬울 것 같아서요. 나중에 할머니 되면 이런 편지도 주고받았네 할거 아녜요. 맞다! 그리고 저는 〈일기떨기〉 독자분들한테 엽서도 써서 보냈어요. 그리고 답장도 받았어요. 사실 제가 우편함을 진짜 안 보는데…….

혜은 집 우편함?

소진 네. 아침에 눈을 못 뜬 상태로 회사에 가기 때문에 거의 못 봐요. 근데 어느 날 우편함이 반짝반짝한 거예요. 그래서 뭐지? 하고 보니까 소름! 제가 평소에 작은 선물들은 영화 포스터로 포장을 많이 하거든요? 제 이름 앞으로 온 낯선 엽서를 깜짝 놀라서 뜯었는데 〈미드나잇 인 파리〉 포스터로 편지 봉투를 만들어서 에펠탑이 그려진 엽서를 보내주신 거예요. 그래서 나 지각했잖아! (웃음) 그리고 몇몇 있는데, 다 가족이에요. 그중 가장 받고 싶은 사람은 남동생이고요. 남동생이 특성화 고등학교에 다니거든요. 특성화고는 대입 말고 취업 쪽으로도 빠지는데 최근에 자기소개서를 썼더라고요. 저는 집에 혼자 있을 때 동생들 다이어리나 그런 거 몰래 훔쳐보거든요. 자기소개서는 처음 봤는데 너무 재밌는 거예요. 제 예상보다 유려한 말투여서 놀랐고요. 선생님이 고쳐줬을 수도 있겠지만, 투박하지 않고 수려하게 자기 칭찬 막 늘어놓고 있더라고요. 그게 너무 웃겨서 계속 봤어요. 제가 생각했던 그 애의 장점을 본인이 알고 있다는 게 좋았어요. 물론 글은 얼마든지 꾸며낼 수 있지만, 그 안에는 글을 쓴 사람의 성정이 묻어난다고 생각하거든요. 저보다 열한 살이나 어린 동생인데 그 글을 읽으며 되게 정직한 사람의 문장이란 생각이 들었어요. 애가 정말 올바르게 살고 있다는 생각도 했고요. 한 번도 동생한테 편지를 받아본 적이 없거든요. 그래서 그냥 강제성 없는, 동생이 저에게 쓴 편지를 받아보고 싶어요. 또 저는 아빠 글씨체를 본 적이 없거든요, 살면서? 근데 최근에 볼 일이 생겼어요.

혜은　아빠 글씨를 어떻게 봤는데?

소진　그, 뭐, 이제 서랍 같은 데 뒤져서 찾아보고.

혜은　아니 왜 이렇게 뒤져요, 계속.

소진　아빠가 글씨를 되게 잘 쓰시는 거예요. 엄청 천천히 오래 쓴 느낌 아시죠? 근데 거기에 계좌번호를 '계자번호'라고 써놓았더라고요. 나는 이게……. 뭔가 부모는 자식이 뭘 틀리면 교정을 해주잖아요. 근데 왜 자식은 부모가 뭔가를 틀렸을 때 교정하지 않지? 친구랑 같이 있을 때는 맞춤법 틀린 게 눈에 보이면 정정해주거든요? 근데 엄마는 아무리 틀려도 안 고쳐준단 말이에요. 그게 그냥, 김유정 소설 〈봄봄〉에 나오는 것처럼 엄마의 어법이기도 하고, 내가 엄마보다 몇 개 더 안다고 으스대는 것도 싫고. 또 현행 맞춤법이 바뀔 수도 있는 거니까. 근데 아빠의 '계자번호'를 보는데……. 아니 우리가 "계좌번호 좀 줘" 이랬을 때 아빠는 그걸 계속 계자로 들었을까? 싶은 거예요. 무슨 명자, 순자, 춘자도 아니고……. 그래서 'ㄴ'를 추가할까 하다가 가만히 다시 수첩을 넣을 때 그런 생각이 딱 들었어요. 왜 자식은 부모가 틀렸을 때 모른 척 속상해하고 말까? 부모가 더 나아지고, 오히려 바로 고쳐질 수도 있는 부분인데 왜 안 그럴까?

혜은 확실히 부모한테 뭔가를 가르쳐주는 기분이 썩 유쾌하지는 않은 것 같아요.

소진 부모님은 우리한테 몇 번이고 알려주잖아요. 엄마도 제가 30년째 말 안 들어도 잘 들으라고 하신단 말이에요. 그런데 나는 왜 계좌번호를 1초 만에 포기했는가.

선란 뭔가 턱 끝에 걸려서 나오지 않는 말들이 있잖아요. 이게 진짜 너무 힘들어요. 힘내서 외치면 나올 것 같은데 계속 안 나오는 걸 경험하면서 부모와 자식이라도 인간관계 진짜 어렵고, 솔직해지는 건 너무너무 힘든 거예요.

혜은 맞아요. 저도 그렇거든요. 점점 더 느껴요. 어렵구나.

관계가 깊어질수록 현명하게 이어가고 싶고 망치고 싶지 않다는 생각이 들어서 그러는 것 같아요. 어렸을 때는 내가 다짐해도 망치게 돼 있어요. 걔가 별로든 내가 엉망이든. 그런데 지금은 다 커서 어떻게 행동해야 옳은지 아는 성인이고, 저마다 소중한 것들을 지키는 방법도 생겼잖아요. 삶이든, 인간관계든 뭐든 알 만큼 안다고 자신하는데도 이상하게 진심이 전달되지 못하는 경우가 생기는 것 같아요.

나를 찾아온
사건들

혜은   한번은 친구가 템플 스테이를 하며 제게 쓴 느린 편지를 받은 적이 있어요. 당시에 제가 걱정하던 것들이 편지를 받을 때쯤엔 모두 다 이뤄져 있기를 바라는 내용이라 엄청 감동받았던 기억이 나요. 책방을 계약한 것과 이렇게까지 확장될 줄 몰랐던 나의 덕생 같은 거요. 그 모든 것들이 사실 최근 몇 년 동안 저한테 큰 터닝 포인트가 된 사건들이었단 말이죠. 여러분도 돌아봤을 때 인생의 작고 큰 이벤트, 나의 사건이라고 할 만한 것들이 있을까요?

소진   저는 너무 오그라드는데…….

혜은   아, 어떡해. 〈일기떨기〉인가 봐.

소진   스쳐 지나가는 것들이 몇 있는데 진짜 스쳐 지나만 갔고. 사회생활을 오래 한 건 아니지만, 〈일기떨기〉처럼 이렇게 순한 애정만 갖고 할 수 있는 일이 흔치 않잖아요, 살면서. 내가 이걸로 돈을 벌려고 하는 것도 아니고, 그렇다고 인생을 바꾸려는 것도 아니고. 저는 정말 제가 가장 열렬한 청취자(아, 공중옆돌기 님 다음으로)인 것 같아요. 저는 〈일기떨기〉 올라오자마자 제일 먼저 듣기도 듣고, 평소에도 라디오처럼 틀어놔요. 얼마 전에는 친한 동생한테 "난 왜 이렇게 돈 안 되는 일만 하지?"라고 했어요. 사실 출판 노동 자체가 큰 봉급을 기대하고 시작하는 일은 아닌 것 같거든요. 그 외에도 즐기는 것들이 돈과 상관없는 경우가 많아요. 그랬더니 그 친구가 정말 단호하게 "언니, 내 생각에 그거 다 나중에 언니 자산일 것 같아요. 그래서 난 언니가 신기할 때가 많아요"라는 거예요. 그래서 저한테는 〈일기떨기〉가 조금 특별한 자산이고 사건인 것 같아요. 일주일에 한 번씩 바뀌는 내 말과 행동이 가증스러울 때가 있지만.

혜은   아니야. 우린 변하는 존재니까. 괜찮아. 〈일기떨기〉가 사명감을 필요로 하거나, 치열하게 매달려서 성과를 내야 하는 일은 아니잖아요. 어떻게 보면 무용한 일을 즐겁게 하는 게 좋다는 거잖아요? 그리고 소진이 〈채널예스〉에 〈일기떨기〉 대표로 인터뷰 나갔잖아요. 그 지면을 받아보고 너무 뭉클하고 뿌듯하고 자랑스러웠어요. 문득 이게 재밌을까? 금방 시들해지지 않고 오래 할 수 있을까? 선란, 소진과 함께하는 게 좋을까? 걱정했던 순간도 떠올랐고요. 새삼 너무 다행이죠. 다들 신나서 이걸 하고 있는 게.

소진　　좋은 시절인 것 같아요.

선란　　저는 너무 많아요. 가장 인상 깊은 사건은 정세랑 작가님 책을 처음 읽었을 때가 제 인생의 아주 큰 바람을 맞은 때였어요. 문예창작학과에서 공부하며 읽었던 책들이 저랑 잘 맞지 않다고 느끼는 중이었고, 신춘문예에 매해 응모하면서도 떨어지는 이유를 너무 알고 있었어요. 그럴 때마다 '아, 내가 틀렸구나'라는 생각이 지배적이었죠. 나는 뭔가 사회의 허점을 파고드는 시야도 좁고 날카로움도 없고 둥글둥글 그냥 쓰고 싶은 것만 쓰니까. 그렇다고 정세랑 작가님이 저와 같다는 것은 아닙니다. 그때의 주류 문학과 저는 어울리지 않았고, 점점 더 '내 글은 소위 못 쓴 소설, 취미로 쓴 소설로 남겠구나'라는 생각이 짙어졌어요. 그러다가 정세랑 작가님 소설을 만났는데 뭐랄까 너무 재밌고, 작가님이 스스로 쓰고 싶은 것을 밀고 나가고 계신다는 게 정답처럼 느껴지고 나니까 길이 보이는 거예요. 이후에는 안 유명한 작가님들의 책을 다 읽기 시작했고 제 소설

스타일을 찾는 데 큰 도움이 되었어요.

혜은   도화선이 됐나 봐요. 창작 활동에 자유로움을 찾는.

소진   그럼 혜은은 인생에 큰 영향을 미친 사건이 있다면요?

혜은   학창시절 내내 준비하던 음악 입시를 포기하고 우연
히 문창과에 가게 된 거. 돌이켜보면 소중한 무언가를
처음으로 포기해봤다는 점에서도 그렇고, 진학 이후에
방황하면서 알게 된 제가 너무 많아요. 원하든 원치 않
든 학과 특성상 계속 글을 써야 했기 때문에 그 혼란한
시기를 버틸 수 있지 않았나 싶어요. 덕분에 인생에서
두 번째로 좋아하는 것, 생각보다 잘해낼 수 있는 것을
찾게 되었고요.

소진   문창과 하면 고등학교 때가 떠올라요. 제가 살던 지역
은 비평준화여서 진학할 고등학교 원서를 써야 되는
데, 제 내신이 좀 심각했거든요……. 그래서 저는 원래
미용고등학교를 가려고 했어요. 성향과는 별개로 기술
만이 살길이라는 생각에. 그때 제과제빵을 알았다면
그쪽으로 갔을 거예요. 그러다가 중1 담임 선생님이
대뜸 "소진아, 안양예고 문예창작학과 한번 써볼래?"

이러시는 거예요. 저는 예고에 문창과가 있는지도 몰랐어요. 소설도 예고 입시 시험을 치를 때 처음으로 쓴 거였고요.

선란 저도 안양예고 문창과를 나왔는데 전 편입생이었어요. 10월에, 친구 한 명이랑 같이 했고요. 지금도 친한 친구인데 당시 예고는 편입생에 대한 견제가 장난이 아니었어요. "인문계에서 왔대 써봤자 얼마나 쓰겠어?" 이 얘기를 다 들리게 해요. 그걸 듣고 저랑 제 친구가 화가 너무 난 거예요. 이를 바득바득 갈고 있다가 편입하자마자 처음 나간 큰 규모의 지역 백일장에서 저 1등, 친구 2등을 따냈어요. 그제야 '됐다!' 했어요. 근데 진짜 신기한 게 상장에는 수상 날짜가 나오잖아요. 그러니까 열일곱 살 12월에 내가 쓴 글로 첫 대상이란 걸 받았는데, 한국과학문학상을 스물일곱 살 12월에 받았거든요? 딱 10년이 걸린 거예요. 한국과학문학상 상패가 왔을 때 열일곱 살 첫 상장 옆에 꽂아놨거든요. 혼자 정말 행복했어요. 근데 나한텐 너무 길었는데 이렇게 얘기하니까 10년 진짜 짧네?

혜은 너무 멋있다. 이 질문에 유종의 미를 선란의 일화로 마무리하면 좋을 것 같아요.

선란 자랑하고 끝난 것 같아요. 부끄러워서 한 번도 얘기 안 했는데 어딘가에서 꼭 말해보고 싶었어요.

3부

오늘을 자세히

사랑하는 방법

빵 기다리는
시간

소진 일기

사회 초년생인 나에게는 당장 눈앞에 보이는 결과물이 필요했다. 책 만드는 일에는 도무지 요령이 통하지 않고, 내가 구사하는 단어와 문장마저 의심하게 되자 일과 일상의 균형이 무너지기 시작했다. 혼자 있는 시간을 확보하는 동시에 자기효능감을 부여할 수 있는 것, 제빵이다. 집에서 도보 20분 거리에 있는 해피 아카데미에 가서 제빵 수업을 등록했다. 내일배움카드를 활용한 국비 지원 프로그램이기에 개인 부담금은 약 30만 원. 앞으로 매주 토요일, 오전 9시 30분부터 오후 3시 30분까지 빵을 만든다. 사실 제빵 수업은 처음이 아니다. 출판사에 입사했을 때도 똑같은 과정의 수업을 수료한 적이 있다. 그날그날 만든 빵을 더 먹음직스럽게 보정한 뒤 불특정 다수에게 보여주는 일에 즐거움을 느꼈다. 내 일상이 한시도 식을 틈 없이 갓 구운 빵처럼 따끈하게 채워지고 있다는 걸 느껴야 비로소 안심되었다. 이번에는 정말 빵에 대해서만 생각해보기로 했다. 말랑말랑 뜨거웠다가 다시 몰라볼 정도로 차고 딱딱해지는 속성에 대해. 하지만 정작 제빵을 시작하고 나자 지금 하는 일에 대해 생각하는 시간이 많아졌다. 최근 제빵을 통해 알게 된 게 하나 있다. 책 만드는 일과 빵 만드는 일은 결코 다르지 않다는 것. 그리고 책과 빵은 아주 사소한 실수도 반드시 그 흔적을 남기기에 어떠한 변명도 통하지 않는다는 것.

제빵 수업의 첫 실기 품목은 '비상 식빵'이었다. 갑자기 주문이 밀려 들어오거나 일손이 부족할 때 만드는 비상 식빵은 공정 시간을 최대한 단축하는 게 중요했다. 한 번 해봤으니까 어느 정도 흉내는 낼 수 있을 거라 생각했는데 역시나 만만치 않았다. 느긋하고 여유로울 줄 알았던 실습 시간은 정신없이 지나갔다. 우여곡절 끝에 완성된 빵을 꺼내 들었을 때 처음 떠오른 생각은 내 예상보다 작고, 눈에 띄는 상처가 많다는 것이었다. 제빵 선생님은 어딘지 투박하고 볼품없어 보이는 사다리꼴 모양의 빵을 들고는 사이사이 보이는 실수와 그 원인을 짚어나갔다. 작은 실수쯤이야 밀가루 반죽이 엉키고 설키다 보면 자취를 감추리라 생각했다. 하지만 나의 빤한 눈속임부터 미처 예측 못 했던 지점들은 모두 노르스름한 빵 표면 위에 선명하게 찍혀 있었다.

책 만드는 일도 마찬가지였다. 원고 작업 내내 보이지 않던 오탈자나 자잘한 실수들을 책이 출간되었을 때 알아차리는 경우가 많았다. 마지막까지 꼼꼼하게 확인했다고 생각했음에도 나중에 실수를 발견하고 나면 서점에 가서 내가 만든 책을 훔쳐 오고 싶었다. 이제 더는 수습할 수 없다는 것도, 이 책의 초판을 다 소화해야만 증쇄의 기회가 온다는 사실도 답답하게 느껴졌다. 늘 그랬듯 실수는 마지막에 고친 시험지의 답안처럼 갈팡질팡했던 부분에서 일어나게 마련이었고, 대개 애써 고친 부분일 때가 많았다.

제빵을 다시 시작한 이후로는 사무실에 앉아 교정지를 볼 때도 종종 실습실에서의 목소리가 들리곤 했다. "반죽에 자꾸만 손을 대면 안 돼요"라는 말. 이미 성형이 끝난 반죽을 괜히 손으로 건드리면 표면에 흠집이 생기는 것처럼 타인의 글 역시 내 마음대로 고칠수록 어색해졌다. 어떤 표현이나 문장이 잘 읽히지 않고 낯설게 느껴질 때면 작가가 처음 쓴 문장으로 돌아가야만 했다. 마음을 다잡고 원고를 처음부터 찬찬히 읽어도 그 뜻이 도무지 헤아려지지 않으면 메일함을 열어서 저자와 지금까지 주고받은 메시지를 역순으로 차근차근 읽어나갔다. 사실에 준하는 동시에 독자에게 잘 읽히는 군더더기 없는 문장, 한 번만 훑어도 그 의미가 명확하게 전달되는 문장이 좋은 글이라는 나의 생각보다 중요한 건 글을 쓴 이의 마음이었다. 그렇게 전에 느낄 수 없었던 궁금증이 생길 때면 다시 연필을 깎고 원고 귀퉁이에 진짜 궁금했던 걸 묻기 시작했다. 그래서일까, 작가에게 보낸 초교지에 물음표가 하나도 없고 가위표만 가득한 걸 볼 때면 일을 똑바로 하지 않았다는 생각부터 든다. 그제야 지금 나의 동료가 보낸메일함의 주인이 아닌, 이 글을 누구보다 여러 번 들여다보고 고쳤을 작가라는 사실을 자각하게 된다. 우리가 하는 일은 예측 가능한 게 하나도 없고 그 결과물이 완벽할 수 없기에 여러 마음이 모여야만 완전해질 수 있다는 걸 아는 순간이다.

내게 빵 만드는 일의 즐거움에 관해 물을 때마다 처음의 뿌듯함에 스스로도 놀랄 만큼 무덤덤할 때가 있다. 사실 이 일은 즐거움은 잠깐이고 수고로움은 끝도 없다. 주말 아침부터 일찍 일어나야 해서 제때 끼니를 챙기지 못할 때가 많고 점심 약속은 아예 불가능하다. 이런저런 불평을 뒤로하고, 다시 제빵을 시작한 건 이 미지근한 기다림이 주는 기쁨을 알아버렸기 때문이다. 빵 만드는 일은 한순간 뜨겁게 불타오르기보단 적정 온도를 유지해야 할 때가 많다. 특히 최소 30분에서 길게는 1시간 넘게 밀가루를 발효해야 하는 과정은 다소 지루할 수도 있다. 주먹 두 개를 합친 정도의 반죽이 부풀면 얼마나 커진다고 이렇게까지 기다려야 되나 싶다가도 습기가 가득 찬 유리문에 물방울이 송글송글 맺힐 때면 괜히 긴장하게 된다. 그보다 동그란 반죽이 발효기 안에서 땀을 뻘뻘 흘리면서 자신의 몸을 힘껏 부풀리는 게 미덥게 느껴질 때가 많다. 알맞게 커지기 위해 충분히 기다리고 그 어떤 뜨거움도 견뎌낸다는 게 대견하다. 이럴 때 내가 빵을 만드는 게 아니라 빵이 스스로 완성되어가는 걸 단지 지켜볼 뿐이라는 생각이 들곤 한다. 그래서인지 내가 만든 빵을 처음 보았을 때도 무작정 기쁘기보단 당혹스러운 마음이 앞섰다. 모든 과정을 분명 내가 했음에도 빵을 만들었다기보단 빵 만드는 일을 흉내 낸다는 생각이 들었다. 그도 그럴 것이 혼자 해낸 건 아무것도 없고, 제빵 선생님의 지도에 따라, 빵이 원하는 방향에 따라 그 과정을 허겁지겁 쫓을 뿐이었기에.

처음으로 책임 편집한 책이 나왔을 때도 그 기쁨을 온전히 누릴 수 없었다. 이 기쁨은 내가 아닌 저자의 몫이어야 한다고 생각했고, 이 책이 나오기까지 나보다 더 마음 졸이는 선배들이 있었다. 책은 시간이 쌓일수록 더 어렵다는 말이 점점 무섭게 느껴졌다. 분명 내가 처음부터 끝까지 작업에 관여했고 읽고 또 읽었던 원고인데 온전히 이해할 수가 없었다. 제목만 들어본 책을 오래전에 읽은 척했던 것처럼, 헤어질 때까지도 이해하지 못한 사람을 아는 척했던 것처럼. 이 답답함의 원인을 누구보다 잘 알고 있으면서도 누군가에게 털어놓을 배짱도 용기도 없었다. 그 이후에도 책 만드는 일의 기쁨을 오롯이 느끼지 못했다. 이 책의 첫 독자이자 마지막 독자로 남고 싶다고 생각하면서도 주목받지 못한 책의 숙명을 담담히 받아들였다. 하지만 애써 무심한 척 굴다가도 내가 만든 책이 서점의 매대가 아닌 서가에 꽂힌 걸 볼 때면 괜히 책 기둥을 손가락으로 톡톡 건드리다 돌아오곤 했다. 확 불타오르기보단 천천히 끓다가 울컥 치미는 일. 다른 사람의 눈에는 지루해 보일 수 있어도 모두가 애를 쓰고 있다는 분명한 사실. 누구도 호명하지 않았음에도 같은 자리에서 제 몫을 해내는 사람은 그 자체로 귀하다는 걸 빵을 기다리고, 책을 기다리며 알게 되었다.

지금 하는 일에 대해 말하는 게 불필요한 사족처럼 느껴지곤 했다. 정확히는 의미를 더할수록 이 일에서 오는 기쁨이 퇴색될 것을 염려했다. 실력은 쥐뿔도 없으면서 진지한 척 구는 게 가식으로 느껴지기도 했다. 하지만 나는 갓 나온 빵을 마주할 때처럼 이 일을 대할 적마다 떨리는 순간이 많다. 서점의 책장 깊숙이에서 잘 보이지도 않는 책을 보았을 때도 서글픔보단 반가움이 앞선다. 그 순간들은 넘치지도 부족하지도 않을 정도로 내 일상 속에 파고들어 나를 조금 더 신중하게 만든다. 일을 잘하고 싶기보단 마음을 잘 쓰는 사람이 되고 싶어지자 눈에 보이는 결과물의 중요도를 따질 필요가 없어졌다. 종종 친구들은 내게 책 만드는 일과 빵 만드는 일 중 무엇이 더 나를 나답게 하느냐고 묻는다. 그럼 나는 그 일을 배우는 기쁨에 대해, 그 초조함에 대해 말하려다가 멈추고선 다시 서점으로, 빵집으로 간다. 내게 오기까지 무수히 뜨거운 순간을 지나쳐온 그 다정함을 마주하기 위해서.

*
**

선란　　　이십 대 중반까지 나는 마음 편히 무언가를 먹어본 적이 없다. 강박처럼 늦은 밤에는 음식을 참았고 칼로리가 높은 음식을 먹으면 하루에도 몇 시간씩 운동해 먹은 만큼 칼로리를 소모해야 했다. 그러니 무언가를 먹는다는 건 도로 배출해야만 하는 것, 다시 내보낼 건데 왜 나는 이걸 꾸역꾸역 먹고 있는가.

완벽하게 나를 사랑하는 방법이 있을까. 그리고 그걸 해낼 수가 있을까. 나는 아주 천천히, 느리지만 확실하게 나를 알아가고 사랑하는 방법을 깨닫고 있다. 나는 요즘 시간이 되면 별 생각 없이 운동을 나간다. 때가 되면 먹고 싶은 밥을 즐겁게 먹고 열 시간씩 앉아 있어도 허리가 아프지 않도록 근육이 건강히 잡힌 내 다리를 사랑한다. 문득 이렇게 변한 나를 깨달을 때마다, 나는 그때 또 내가 몹시 좋다.

혜은 아빠는 내가 어떤 이판사판을 겪고 있든 간에(그건 당신 알 바가 아니다) 그저 내가 지금 어디에 있으며, 그곳에서 끼니는 잘 챙겨 먹었는지가 제일 궁금한 사람이다. 나의 위치와 식사 여부가 확인되면 "그래 알았다" 하고 (가끔은 인사도 없이) 끊어버린다. 오늘도 어김없이 "어디냐, 정월 대보름인데 오곡밥은, 부럼은 먹었니?"로 시작한 대화. 책방이고, 오곡밥은 몰라도 부럼은 깨물어보겠다고 답하자 그것 참 딱하다는 듯이 모처럼 질문이 하나 더 돌아왔다.

"집에는 한번 안 오니?"

마지막으로 당진에 간 게 추석이었다.

"아빠 나 근데 아무리 빨라도 3월 말에나……"라고 운을 띄우자 아빠가 잽싸게 내 말을 가로챘다. "그래, 3월은 좀 그렇지? 4월에는 한번 보자. 그때 목련이 예쁘게 피니까." 맞다, 아빠는 1년 중 목련 필 무렵을 제일 기다리는 사람이었지. 아빠가 가장 좋아하는 꽃나무. 딸의 바쁜 척을 서운해하지 않는 것에 목련이 좋은 핑계가 됐다. 4월에는 퇴고를 할 수 있겠지? 당진 집에서 아빠가 심은 목련 나무를 내다보며 퇴고해야지. 상상만으로도 좋다. 산처럼 남은 작업에도 괜히 희망이 생긴다. 부드러운 맛밤을 먹으며 우리 집안과 책방의 평안을 두루 기원해본다. 정월 대보름, 망원동에서.

173

내가 쓰지 못한
꽈배기에 대하여

소진　제가 제빵 일기를 드디어!

선란　완벽한 에세이였어요. 소진과 빵이 너무 잘 어울려요.

소진　빵이 그렇게 녹록지 않다는 점, 정말 노동의 산물이라
　　　는 점. 하, 이제는 빵이 싸면 의심이 들어요. 그리고 사
　　　실 빵은 식사의 영역이 아니에요. 그러니까 빵의 영역
　　　인 것 같아요. 간식도 아니야. 그냥 빵 시간이지.

선란　이걸로 에세이 써주세요. 빵 시간!《아무튼, 빵》.

소진　저도 제가 만든 한 가지 빵에 대해서 쓰고 싶은데, 제
　　　빵 품목이 스무 가지거든요? 좀 미친 사람처럼 들릴
　　　수도 있는데…… 하나를 쓰면 나머지 열아홉 개의 빵이
　　　서운할 수도 있잖아요.

혜은   네가 지금 부제를 만들었어.

선란   내가 쓰지 못한 꽈배기에 대하여.

소진   (웃음) 그리고 밀가루가 발효되는 3, 40분 동안은 다 같이 앉아서 빵을 기다리거든요. 근데 이것도 하나의 기다림이잖아요. '잘됐을까?' 이러고 가만히 기다려요. 선생님도 그때는 이론 수업도 거의 안 하고 가만히 계시고요. 그런 다음 빵이 나오잖아요. 그러면 다들 이렇게 물어봐요. "잘 나왔어요?" 꼭 아기 낳은 것처럼. "어때요? 모양 어때요?" 이렇게. 그런 과정이 좋고, 또 저는 요즘 주말 아침에 눈 뜨면 빵을 만들러 가는데 두 분은 주말을 어떻게 보내시나요?

혜은   저는 요즘 운동을 못 하고 많이 걸어요. 그것도 걸을 시간이 별로 없으니까 자주는 아니고요. 지금 저한테 쉼이 별로 없거든요. 또다시 그런 시기가 돌아왔어요. 옛날 같았으면 매일매일 조금씩이라도 걷던 사람인데, 이제는 그런 시간을 점점 확보하기 어려워지면서 시간이 난다 싶으면 작정하고 그냥 걷게 돼요. 오래 한번 걷는 것이 저의 이벤트처럼 돼버린 거죠. 그럴 때 되게 후련해요. 걷기로 나를 혹사시키는 기분이. 그냥 살맛이 나. 별거 아니어도 의욕이 생기는 느낌이에요.

선란   저는 일단 외부 일정이 없으면 주말이라고 할게요. 행사, 미팅, 회의. 세 개가 없는 날은 보통 원고를 하거든요. 그게 없어야 원고에 집중할 수 있으니까. 이달에 미팅과 회의가 같이 있는 날이 31일 중 25일이었어요. 오전 일정, 저녁 일정 이거를 계속 반복하다 보니까 쉬는 날엔 원고를 해야 하는데 집에 있으면 너무 졸린 거예요, 몸이. 그런 날은 일부러라도 오전 여덟 시 반쯤에 나가서 한 세 시 정도에 점심 겸 저녁을 먹고 꼭 산책을 하거든요. 자전거를 타거나. 몇 시간 정도 왔다 갔다 계속 돌아다니고 오면 그때부터 새벽 두 시까지, 저의 휴식 시간에 원고 하는데 그때 행복해요.

혜은   프로젝트나 외주가 아닌 글쓰기를 쉴 때 하면 엄청 편안해요. 왜냐, 이것만 할 거거든.

선란   최근에 심완선 평론가님이랑 조예은 작가님이 한 인터뷰 중에 기억나는 게, 일단 프리랜서는 불안함이 있잖아요, 늘. 일이 언제 끊길지 모른다는. 그래서 금기를 만들었대요. 뭐냐면, 프리랜서는 일의 총량을 늘리면 절대 줄일 수 없어요. 그 이전으로 결코 못 돌아가요. 그때부터 일을 줄이면 불안이 시작되기 때문에 한 번 늘린 일은 줄일 수 없는 거죠. 그러니까 신중하게 늘리라는 거예요.

혜은 맞아. '할 수는 있겠다'란 생각이 계속 들어. 미쳤나? 싶으면서 줄이는 건 절대 안 돼. 오히려 늘리고 싶은 마음이 크지.

선란 저는 되게 자연스럽게 프리랜서가 됐던 거라. 고정된 급여 안에서 신용카드를 쓰는 건 무슨 느낌인지 체감이 안 돼요. 요즘엔 내가 다음 달에 받을 정해진 급여와 그에 맞춰 쓰는 소비 방식이 훨씬 많잖아요. 저는 그게 뭔지 아예 모르겠고요. 항상 머릿속에 내가 이만큼 썼고 이만큼 벌었으면 이만큼 차이가 나니깐 평균을 어느 정도 유지하면 얼마를 번다, 따위를 계속 계산해요.

소진 에이, 주말 어떻게 보내냐고 상큼하게 물어봤는데!

선란 일한 만큼 벌고 쓰자, 얼마나 상큼해?

내 삶의
뜨거운 순간

소진   저는 요즘 빵이 익는 걸 보는 게 제일 뜨거운 순간인 것 같거든요? 일반적으로 갓 나온 빵을 볼 일이 없잖아요. 보통 식혀서 진열하니까. 그래서 '아, 내가 이 순간을 보려고 제빵 하러 오는구나, 이렇게 뜨거운 빵 보려고 오는 거 맞지?'라는 생각도 해요. 저는 이걸 올해의 뜨거운 순간으로 마무리해도 괜찮겠다 싶었어요.

혜은   '뜨거웠다'라는 걸 내가 뭔가에 열성을 다했다로 본다면 엄마의 간호 같긴 해요. 저는 간병일기 계정을 만들어서 따로 쓰고 있거든요. 올해 그것보다 뜨거운 일은 없는 것 같아요. 슬픔으로 설명하기보다는 엄마의 회복을 정말 뜨겁게 원하고, 바라는 마음에 대해 쓰는 게……. 사실 초반에는 엄마를 간호하고, 아픈 걸 지켜보고, 달래면서 내가 원하는 것은 조금 미뤄야 하는 1년이 되겠구나 싶은 마음이었어요. 원망스럽기도 하고, 왜 하필 이때! 근데 엄마가 아프기 좋은 때라는 건 없죠. 어느 정도 시간이 지나니까 지금은 그 모든 것을, 엄마가 어떻게 아팠고 그때 우리가 보낸 시간이 어땠는지를 하나하나 기록하기 잘했다, 좋은 의미로 이 순간을 뜨겁게 기억할 수 있겠다 싶어요. 그리고 간병 일기를 쓰면서 제가 왜 글쓰기를 좋아하는지 확인했던 것 같아요. 그런 기분이 되게 이상했거든요. 여태까지 썼던 모든 글과 달리 엄마의 간병일기를 쓰는 내가 너무 징그럽게 느껴졌어요. '이렇게까지 써야 돼? 이건 정말 오로지 나를 위한 걸 텐데……' 모든 글의 주인공은 아픈 엄마이기보다 사실 나였으니까. 어떻게 보면 나를 위해 엄마를 전시하는 거니까. 그런 생각을 하면서도 쓰고 나면 어쨌든 마음이 한결 나아지는 거예요. 무슨 일이 생겨도 나는 일단 쓰기 시작하면 그것으로부터 벗어날 수 있다는 생각이 들고, 쓰기가 나를 구한다는 걸 깨달았어요. 동시에 그럼 엄마는 스스로를 무엇으로 구할까? 자기의 고통을 어떻게 마주 볼까? 싶더라고요. 엄마는 살면서 그런 기회가 있었을까? 이런 생각까지 하다 보면 괴로운 시간이 조금씩 지나가 있는 거예요. 그전까지는 쓰기가 나한테 도달해야 할, 내가 얻고 싶은 어떤 능력의 영역이었어요. 그런데 올해 들어서는 여러 가지 의미로 나랑 같이 갈 수 있는 거, 나한테 그냥 필요한 거, 내가 놓치고 싶지 않은 거, 멀리 있는 존재 아니고 잘 챙겨가고 싶은 거라고 느꼈던 것 같아요.

소진 어머님은 혜은으로부터 구원을 받겠죠. 혜은의 글로부터. 그리고 엄마를 전시한다는 식의 표현을 스치듯이 했는데, 저는 누군가에 대해서 쓴다는 건 그 사람을 좀 자세히 사랑하는 방법인 것 같아요.

선란 그런 생각도 들어요. 저는 스물한 살이라는 비교적 이른 나이에 엄마의 간병을 시작했고, 지금도 진행 중이잖아요. 제 삶은 기억 가물가물한 시절 빼고는 간병이 절반이거든요. 강연이나 인터뷰 같은 데서 엄마 이야기를 자연스럽게 하다가도 문득 '내가 너무 엄마를 전시하나?'라는 생각을 예전에 잠깐 했거든요. 그런데 이제는 안 해요. 이게 내 삶이잖아요. 왜 나는 이 모든 걸 엄마의 고통으로만 생각했을까. 사실 엄마를 통해 느끼는, 엄마 상태를 통해 느끼는 모든 고통이 내 삶이었던 거예요. '나는 내 아픔을 자꾸 엄마의 아픔으로만 치환시키는구나'라는 생각을 했어요. 어쩌면 혜은도 지금 엄마의 상태를 쓰느라고 엄마를 전시한다고 생각하고 있을지도 모르지만 사실 그건 혜은의 삶인 거 같아요. 아, 그리고 저는 회의하고 이야기 쓸 때 제일 뜨거운데 너무 재밌는 새로운 일을 또 시작했어요. 지금, 시기가 바쁜데 이걸 할 수 있을지 이런저런 고민을 하다가 할 수 있을 것 같고, 놓치면 너무 후회할 것 같고, 아깝다는 생각이 들면 승낙을 하는 편이에요. 굉장한 프로젝트 하나가 나에 의해 형태를 바꾸고 구성이 맞춰지는 이 모든 현장이 너무 재밌어요. 머리가 막 핑핑 돌아가고. 요즘에는 그런 프로젝트에 참여하는 일에 흥미를 많이 느끼고 있죠.

소진 혜은이 뜨거운 순간을 얘기할 때는 약간 장작 때는 느낌이었거든요. 근데 선란은 인덕션 같아. 어쨌든 지금 저 너무 뜨거워서 데일 것 같아요.

선란 오래 안 갈 것도 알아요. 그러니까 어느 순간에는 내가 무언가를 선택해야만 한다는 걸, 반드시 3, 4년 안에 그 시기가 온다는 걸 알고 있어요. 지금은 이 모든 것을 바짝 불태우고 집중해야 되는 시간이란 걸 아니까 오히려 그냥 태울 수 있을 때 더 크게 태우자 다짐해요.

혜은 선란이 〈채널예스〉 인터뷰에서도 그런 얘기를 했던 것 같아요. 너무 많은 일을 하는데 어떻게 그 시기를 버티냐는 질문이었는데 방금 같은 대답을 한 거예요. 근데 그게 너무 멋있고 어느 정도는 공감되는 거죠. 이 시기에 나한테 오는 일들을 그냥 다 해버리는 것도 어리석은 선택은 아닌 거야. 내가 태울 수 있으면 할 수 있다는 마인드인 거지.

선란   그 시기에만 할 수 있는 일들이 있어요. 물론 너무 급할 필요는 없지만, 조금 미성숙할 때 도전해서 더 많은 걸 배울 수 있는 일들이 있는 것 같거든요. 그리고 제가 오랫동안 타오르지 않을 것도 알고요. 분명 어느 순간 나는 모든 불을 잠시 끄고 딱 하나의 불씨만 키워둘 거라는 사실을 인지하면 조금 더 대범해지는 것 같아요.

빵은 언제나
미덥다

소진 저는 요즘 진짜 빵이 미덥거든요? 자꾸 너무 빵 얘기만 하는 것 같긴 한데 '미덥다'라는 말을 어느 순간부터 좋아하게 된 것 같아요. 믿음직하다, 이런 표현을. 그렇게 느끼기가 쉽지 않은 시대고 일상이다 보니. 빵을 보면 내가 실수를 해서 잘못 나오든, 아니면 공정 작업에서 뭔가 빠뜨렸든 나오긴 나오잖아요. 그리고 그걸 드러냄에 있어서, 어떤 식으로든 결과를 만들어야만 하는 빵의 숙명? 이런 게 미덥게 느껴지더라고요. 두 분은 어떤 존재 혹은 사람한테 '아, 이 사람 참 미덥다'라는 걸 느끼는지 궁금해요. 그리고 떠오르는 사람들한테…….

혜은 빵을 선물해?

소진 아니. "너 이런 면이 미덥다"라고 얘기해주면 좋겠어요.

선란 저요. 두 가지가 있어요. 하나는, 그러니까 너무 뻔해서 빨리 말할게요.

소진 우리?

선란 하나는 나.

소진 아.

선란 미안. 나야. 저는 이게 어떤 나르시시즘적인 것도 아니고
제 마음에 들지 않는 게 너무너무 많지만, 한 가지는 알아
요. 무책임하지 않다. 너는 반드시 결과물을 낼 거야. 그
결과물이 좋든 나쁘든 어쨌든 끝내는 사람이라는 믿음.
그래서 어떤 일을 시작할 때 두려움보다는 나를 믿고 도
전하는 게 많아서 든든하고요. 두 번째는 〈일기떨기〉. 지
금 함께 일하고 있는 친구들에 대한 믿음이 강하다는 걸
느껴요. 이들이 나와 함께 호흡을 잘 맞춰줄 거고, 이들이
이 일을 잘해낼 거라는 신뢰가 크고, 그러면 이제 또 알아
서 잘하더라고요. 어우, 주변에 믿을 게 많네요.

혜은 저는 사람은 생각이 안 나요. 너무 많아서 그런 것 같기도
하고. 또 맨날 하던 사람들 얘기를 하게 될까 봐 이번엔
식물을 들고 싶은데요. 제가 책방이 아닌 집에서 관리하
는 식물이 딱 하나 있어요. 소철이라는 이름의 식물인데.
작은 야자수처럼 생긴 거거든요. 소철이 공룡시대 때부

터 있던 식물이래요. 기본 100년을 사는 애고. 그러니까 주인보다 무조건 오래 사는 거예요. 주인이 걔를 죽이지만 않으면. 걔가 어느 순간 줄기가 막 나오고 자라는 걸 볼 때 빵 같아요. 아까 소진이 빵은 알아서 잘한다는 느낌이 든다고 했잖아요. 저는 식물을 보면서 내가 돌봐야 하는 존재이긴 한데 자생한다는 느낌을 많이 받아요. 어느 순간 쑥 자라 있고, 물론 제가 물을 주고 햇볕이 잘 나오는 방향으로 자리를 조금씩 틀어주긴 하지만, 딱 그 정도의 역할이거든요. 손톱 같았던 아이가 손가락 마디만 해지고 점점 손바닥만 해지는 그런 물리적인 자람을 볼 때 너무 미더운 거예요. 나보다 작고 여린 존재를 기른다고 하면, 동물도 없고 사람도 길러본 적 없지만, 이런 기분일까요? 너무 기특하고 신비롭기도 하고 쟤만큼은 나도 잘 살아야겠다 싶어요.

선란 제가 최근에 목포에서 강연하고 올라오는 길에 식물 책을 읽었거든요. 생각보다 내용이 너무 어려워서 초반만 읽고 잠깐 내려놨는데, 식물이 우리가 생각하는 것보다 훨씬 더 많은 활동을 끊임없이 한대요. 주변 환경에 맞춰서 순간순간의 판단으로 무언가를 포기하고, 무언가를 취하고, 이러니깐 최초의 생명체로서 지금까지 존재하는 거잖아요. 한 번도 멸하지 않고. 그 얘길 들으니까 좀 더 유사 과학, 사이비 종교 같은 소리지만, 식물이 뭔가 최종 단계의 생명체 같다는 생각이 들더라고요.

소진　식물만 남을 수도 있겠다. 진짜.

선란　식물만 남겠죠.

소진　그럼 나는 뭐가 되려나?

선란　빵?

소진　아……. 참, 이건 다른 얘기인데. 오늘 아침에 출근하면서 한 생각이에요. 왜 드라마 보면 초등학교 우산 같은 에피소드 하나가 꼭 나오잖아요. 혹시 두 분한테 그런 일화가 있나요?

혜은　저는 아예 엄마가 데리러 안 왔으면 좋겠다고 생각한 적 있어요. 엄마의 사랑이 너무 심했고. 알잖아요. 같이 살기도 하고 대학교 때는. 심지어 초등학교 때는 그냥 제 등굣길을 엄마가 미행하듯 따라왔어요. 친구가 "뒤에 너네 엄마 아직도 따라온다" 막 이러고. 그때 이런 생각을 했던 것 같아요. '우리 엄마는 왜 일을 안 할까?' 그 감정을 정확히 말하자면 엄마가 일을 안 한다기보다는 '왜 엄마는 나만 좋아할까? 엄마는 좋아하는 게 뭐지?'였어요. 저는 엄마가 좋아하는 게 없는 사람이라고 생각했어요. 나만 좋아한다고 생각했어. 그래서 조금 슬픈 얘기인데 나이 들어서 엄마한테 관련한 얘기를 한 적이 있어요. "이제 나도 다 컸고 나라도 좀 자유롭게 엄마가 원하는 거, 하고 싶은 거 해도 돼"라고. 근데 엄마가 "나 그런 거 안 해봐서 몰라"라는 거예요. 진짜 속상했어요. 엄마 스스로 뭘 좋아하는지 같이 알아볼 수 있는 성숙한 딸이었으면 좋았을 텐데. 엄마가 참다 참다 그 얘기를 해버렸을 때, 엄마는 그 말을 하면서 얼마나 속상했을까……. 어쩌면 본인도 알게 된 거잖아요. 나 몰라 그런 거, 나 너처럼 하고 싶은 거? 내가 뭘 좋아하는지 명확하게 아는 거? 엄마는 그걸 몰라, 하고 인정하게끔 만든 것 같아서 많이 서글펐어요.

선란 혜은과 제가 진짜 다른 게 저도 슬픈 기억인데 예전에 엄마는 외할머니를 제일 좋아했어요. 1순위예요, 엄마한테. 2순위가 언니인 것도 알았어요. 그러니까 저는 '엄마가 나를 세상에서 제일 사랑하진 않는구나, 그럴 수 있지'라고 생각해왔어요. 그러다 《어떤 물질의 사랑》을 쓰고 나서 안 건데. 제 소설에는 《어떤 물질의 사랑》이랑 《나인》처럼 엄마지만 이모 같은 포지션의 보호자가 굉장히 많이 나와요. 엄마랑 제 관계가 그랬던 것 같아요. 문제는 엄마가 제가 고등학생일 때 우울증을 조금 심하게 앓으셨어요. 알코올중독 증상이 약간 있었고. 저는 그런 생각을 했어요. '나도 있는데, 옆에 딸이 있는데 왜 나를 사랑하는 것만으로는 엄마가 행복하지 않지? 나는 옆에서 뭐하는 사람인 거지? 역시, 나는 엄마에게 큰 힘을 줄 수 없구나'라고. 그 무력감이 심했죠. 그래서 한번은 대학교 졸업한 후에 크리스마스쯤, 엄마 우울하니까 케이크를 사 가야지 싶었어요. 케이크 예약을 해놓고 엄마한테 전화해서 "나 집에 갈 때 케이크 사 갈 거야. 엄마, 자지 마, 자지 마" 당부했는데 그날도 엄마가 술을 먹고 잔 거예요. 그때 무력감이 분노로 바뀌어서 케이크을 던졌어요, 제가. 그 기억이 유난히 선명하거든요. 근데 그게 딱 혜은의 마음과 반대였어요. 왜 엄마는 나만 바라보고 행복할 수 없지? 왜 나는 아무것도 못하지? 그런데 나중에 뇌출혈로 아프고 인지저하증이 오고 나서는 엄마가 제 이름만 기억하는 거예요. 엄마의 1순위는 분명 내가 아니었는데. 지금도 언니가 "엄마 내 이름 뭐야?"라고 하면 엄마는 제 본명만 얘기해요. 가만히 있을 때도 갑자기 제 얘기하고, 엄마가 제일 먼저 눈을 뜨고 한 말도 제 이름이었거든요. 기분이 묘했어요. 아마 엄마가 마지막까지도 가장 미안해한 사람이 나인 거겠지?

소진   어쩌면 엄마를 오해한 부분이 있었을 수도 있지 않나.

혜은   저는 유난한 가정에서 살다가 엄마가 죽고 싶다고 했을
       때, 엄마가 이제 내가 없어도 괜찮은 곳으로 가고 싶을 만
       큼 힘들구나를 뼈저리게 느꼈어요. 내가 엄마의 괴로움
       에 아무런 도움이 되지 못하는 기분. 주변에서 "그냥 하시
       는 말이다, 살고 싶은데 그냥 하는 소리다"라고 할 때 고
       개를 끄덕이면서도 한편으론 제가 아는 엄마가 또 있으
       니까 마음이 힘든 거죠. 엄마가 진짜로 원하는 게 뭐지?
       그게 뭐라도 나는 그걸 해주고 싶은데. 그래서 한번은 엄
       마한테 "엄마 죽으면 나 영원히 못 봐. 내가 없어도 괜찮
       아?" 물었는데 엄마가 "응"이라고 했어요……. 물론 항암
       치료가 끝나고 나서 "혜은아, 그때 엄마 너무 아파서 그랬
       어"라고 했지만요. 엄마의 고통이 그만큼 컸다는 걸, 그로
       인해 엄마가 나를 떠날 수도 있다는 걸 대답을 듣고서야
       어렴풋이 알았던 게 부끄럽기도 하고 괜히 미안하기도
       하고 그랬네요.

소진   너무 슬픈 이야기예요. 저는 비가 오는 날이면 "아, 비네"
       이러고 바로 집으로 뛰어가요. 기다리는 거 자체를 안 해
       요. 근데 어제 엄마랑 〈꼬리에 꼬리를 무는 그날의 이야
       기〉를 보는데 학생 운동하다가 죽은 사람의 미스터리한

사연이 나왔어요. 아버지가 언제 자식이 올지 모른다는 생각에 이사도 안 하고 계속 송금을 하는 내용이었어요. 그래서 엄마한테 만약에 내가 갑자기 사라지면 어떻게 할 거냐고 물었더니 바로 죽을 거라는 거예요. 좀 감동받아서 그러면 "예진이는?" 했는데 또 죽는다는 거예요. 그래서 "내 경우에만 죽는 거 아니었어?"라고 했더니 "너는 내가 너를 제일 사랑한다고 생각하니?"라고 하더라고요. 저는 "당연하지. 내가 50 예진이가 30 성빈이가 20"이라고 했더니 비웃으시더라고요.

선란 못됐어, 첫째!

소진 동생들한테 미안한 마음이 들 때도 있어요. 아주 가끔이지만.

혜은 동생한테 빵 선물한 적 있어요?

소진 아, 그거야 맨날 먹이죠.

음악은 가끔 나를 예정보다
더 멀리 가게 한다

혜은 일기

지팡이를 짚거나 작은 유아차를 밀거나 혹은 휠체어를 타거나, 그 밖의 기타 보행 보조 기구가 필요한 할머니가 되어도 나는 거리 위에서 음악을 듣고 있을까. 아무리 생각해도 음악을 들으며 거리를 누비는 일을 중단하는 미래 같은 건 없다. 아, 어쩌면 이건 희망 사항인지도.

'걷기'와 '음악 듣기'는 나의 오랜 취미였다. 과거형으로 말하는 이유는 각각 단독으로 존재하던 행위가 슬금슬금 서로에게 끌리더니 하나로 착 붙어버렸기 때문이다. 이제 나는 많은 경우 걸을 때 그저 걷기만 하지 않고, 음악을 들을 때 가만히 듣고만 앉아 있지 않는다. 언제부터였을까? 아마 나에게 알량한 경제력이 생겼을 때부터였던 것 같다. 학교에 가고 싶지 않은 날이면 배차가 가장 짧은 광역버스를 타고 종점역에 내려 하루 종일 광화문 일대를 기웃거리던 고등학생이 자라서, 이어폰을 잊고 외출하는 날이면 근처 편의점에서라도 기어이 새 이어폰을 사는 사회 초년생이 된 탓이다.

회사를 안 갈 수는 없으니 이리저리 튀고 싶은 마음을 달래기 위해서는 일과를 꾹 참았다가 퇴근 후 집으로 돌아가는 거리를 늘리는 수밖에 없었다. 유독 회사의 기분을 집으로 가져가고 싶지 않은 날엔 더욱더 바깥의 거리가, 도무지 인정하고 싶지 않은 내 일상과의 거리감이 필요했다. 이 배회를 청승맞지 않게 만들어주는 것이 바로 음악이었다. 어떤 음악은 귀로 듣는 게 아니라 마치 머리로 듣는 것 같았으니까. 애꿎은 상념 대신 머릿속을 가득 채우는 멜로디와 노랫말은 내가 처한 상황을 덜 자각하게 했다.

이 시기를 '걷기 위해 음악을 듣던 때'라고 할 수 있겠다. 어디로 가고 싶은지도 모르면서 마냥 여기로부터 달아나고 싶어 답답했던 때. 음악은 아무 위험도 감수할 필요 없이 도피하게 하는 안내자였다.

언제부터였더라? 음악이 삶을 밀어내려는 마음을 옹호하는 것이 아니라 좀 더 나의 안쪽으로, 현실 위에 서 있는 두 발끝 아래로 당기기 시작한 게. 본격적으로 글을 쓰면서부터라고 하면 좀 뻔하려나. 쓰는 일은 무언가를 계속해서, 정말이지 계속해서 알아가는 일의 연속이다. 이미 알고 있는 것을 쓰는 게 아니라 내가 알고 있는 게 무엇인지 정확히 알아보며 쓰는 것, 때론 알기 위해 쓰고, 그렇게 쓰고 나면 새롭게 알게 된 것들이 내 안에 쌓여 다시 묘하게 달라진 나로 돌아오는 일이었다.

더는 나를 외면할 필요가 없었다. 이제 좀 알겠다 싶으면 또 모르겠는 것. 그건 내 삶도, 세상도 마찬가지였다. 나는 글을 쓰면서 내가 고정된 존재가 아니라 변화하는 인간이라는 걸 깨달았다. 그래서 이제는 그런 나를 놓칠까 봐 무섭다. 아무쪼록 스스로를 잘 데리고 가고 싶은데 갑자기 한눈을 팔까 봐, 멀어지고 싶을까 봐 무섭다.

그럴 땐 내가 아직 이 삶에 잘 붙어 있다는 감각이 필요하다. 다시, 걷는다. 이번에도 어떤 음악은 나를 손쉽게 장악한 뒤 불안을 서서히 잠재운다. 어김없이 나를 향한 이야기인 것 같다. 책에 밑줄을 긋듯 음악을 반복해 들으며 가사를 기억한다. 꼭 그렇게 살 수 있을 것 같은, 아니 살아본 것 같은 기분. 한 곡의 음악을 듣는 것만으로도 하루의 일기를 쓴 셈이다. 믿고 싶은 포춘쿠키 같은 가사를 곱씹으며 걷기를 지속한다.

많은 이들이 어딘가로 이동할 때 음악을 든든한 동행자로 삼곤 한다. 그런 음악들엔 정확한 목적지가 있다. 도착할 곳을 알고서 그곳을 향해 재생되는 음악들. 반면 내 하루 속의 음악은 가끔 나를 예정보다 더 멀리 가게 한다. 어떤 음악을 듣느냐에 따라 최종 목적지는 변경되거나 아니면 여러 경유지를 거치게 된다. 예컨대 평소와 다름없는 퇴근길, 망원동에서 불광천의 오리 무리와 왜가리를 관찰하다 디지털미디어시티역까지만 걸어가서 버스를 타야지 했던 마음은 생뚱맞게 응암동에 다다른다. 분명 홍대에 볼일이 있었는데 홀린 듯 연희동과 홍제동, 독립문역과 경복궁역을 걷다 마침내 광화문 한복판에 도착한 적도 있다.

숨을 크게 들이쉬고 사직터널의 보행자 통로를 건너던 여름밤, 꼭 그 순간의 나처럼 오렌지빛 터널 속을 지나간다는 가사가 헤드셋에서 흘러나왔고, 나는 터널이 아니라 이 노래로 여름을 통과하겠구나, 생각했다. 끈질기게 들러붙던 여름이 내 옆으로 매섭게 달아나는 버스처럼 조금씩 떨어져 나가고 있음을 체감하면서. 그건 역시 내가 음악을, 다름 아닌 걸으면서 들었기 때문이라고 다시금 말할 수밖에. 그런 날의 여정을 함께한 플레이리스트는 마음속에 지도로 남는다.

　그 지도에 작사 클래스라는 경유지가 생겼다. 일주일에 한 번씩, 음악 듣는 마음에 구체적인 언어를 만들고 돌아온다. 멜로디에 맞는 음절을 나누고, 케이팝 아티스트와 그의 전작을 분석한 뒤 A&R이 제시한 가이드를 참고하며 노랫말을 짓는다. 지금까지 해온 것과는 전혀 다른 방식의 글쓰기가 필요하다는 점에서 나는 글을 쓰면서도 어딘가를 멀리 다녀온 기분이다. 같은 새 문서라도 작사는 멜로디와 가이드라는 밑그림이 있으니 오히려 더 자주 길을 잃게 된다. 가끔은 이미 설계된 복잡한 미로를 가장 최적의 경로로 탈출하는 게임처럼 느껴지기도 한다.

　이 글을 완성하는 동안에도 틈틈이 걸었다. 오늘의 랜덤 재생 플레이리스트는 요루시카의 〈그래서 나는 음악을 그만두었다〉와 NCT DREAM의 〈Rewind〉가 짝을 이뤘다.

　전자는 오랫동안 해온 피아노 연주를 그만 둔 화자가 미래에도 음악으로 돌아갈 마음 따위는 먹지 않기를 다짐하는, 그래서 역설적으로 더 그러하기를 바라는 것처럼 들리는 노랫말이 끼어 있다. 아직 청춘이 분명히 남아 있는데도 꿈을 저버렸다는 이유로 자기혐오를 이어간다. 하지만 그 자학적인 가사를 감싸는 벅찬 멜로디의 기세랄까, 모순적인 의지가 나를 관통하는 데에서 오는 위로가 있다.

이어서 들려온 또 다른 노래의 화자는 하필 무작정 돌아가고픈 시절을 담고 있어서 그 절묘한 타이밍에 웃음이 났다. 아쉬움은 남아도 기억할 수 있어 다행인 날들을, 다시 돌아가도 결국 오늘에 도착하고 말 현실을 노래하는 복소리가 대책 없이 해맑아서, 부러워서 또 위로가 됐다.

노래는 참 신기하다. 언젠가 내가 했던 이야기를, 지금 하고 싶은 이야기를, 미래에 하길 바라는 이야기를 내가 가장 원하는 (동시에 원하는 줄도 몰랐던) 방식으로 들려준다. 창과 방패 같은 두 곡을 연달아 듣고 난 뒤, 나는 빈 가사지를 바라본다.

노래만 하며 십 대를 쓰라리게 건넌 뒤 음악을 듣는 것 이상으로 곁에 두는 일은 없을 거라 여겼는데. 십여 년도 훌쩍 지난 지금, 가사 한 줄을 쓰고 지우며 가슴이 뛰고 있을 줄이야.

노래를 잘 쓰기 위해서는 계속해서 불러가며 써야 한다는 것을 깨달았을 때, 나는 완전히 종결되어 상실로만 남은 시절이 새롭게 이어지고 있음을 느꼈다. 물론 이때의 가창이란 내 가사가 이 멜로디를 잘 살리는지, 가수의 입에 잘 맞을지 점검하기 위한 과정일 뿐이지만, 나는 내가 쓰고자 하는 가사를 다름 아닌 내가 가장 먼저 불러본다는 점에서 어떤 위로를 받고 있다. 알고 보니 노래를 쓰는 일과 노래를 부르는 일이 가깝다는 사실이, 내 마음에 착 달라붙었다.

언젠가 내가 쓴 가사를 들으며 걷는 날도 올까. 음악을 들으며 걸을 때마다 나는 시야 너머의 풍경을 상상한다. 모른 척하고 싶거나 곡해된 일상을 달랜 뒤 보다 성실하고 유심히 이 삶에 임하게 된다. 시끄럽고 복잡하고 도무지 이해할 수 없어 차라리 음소거를 해버리고 싶은 세상은 내가 선택한 음악 덕분에 전혀 다른 방향의 생명을 갖게 되는 것 같다고, 조금 과장된 심정을 고백해본다.

**

선란 | 엄마의 애창곡은 최호섭의 〈세월이 가면〉이었다. 원곡뿐만 아니라 다른 가수들이 잇따라 부른 버전을 모두 좋아했다. 어렸을 땐 엄마가 그 노래를 왜 그토록 좋아했는지, 아빠 말고 사랑하는 다른 이라도 있는 건가 싶은 순간이 많았다.

엄마가 뇌출혈로 아이가 된 이후, 몇 개월간 언니와 나는 엄마의 기억을 깨우기 위해 인천 성모병원 주차장을 네 시간씩 돌며 갖은 동요를 불렀다. 엄마는 반응이 없었고 단순한 가사도 기억하지 못했다. 그러다 어느 날, 언니가 "엄마가 좋아하던 노래"라며 〈세월이 가면〉을 틀어주었고 엄마는 처음으로 익숙한 멜로디를 흥얼거렸다.

"엄마 이 노래 기억해?"

"응."

"이 노래 좋아?"

198

"좋지."

그 이후로 세 모녀는 틈만 나면 이 노래를 불렀다.

진이 빠져 셋이 침대에 누워 있을 때도, 엄마가 기분이 나빠 화를 낼 때도 노래를 틀어놓고 같은 가사를 셋이 함께 부른다. 예전에는 가사의 뜻을 이해하지 못했는데, 이제 큰일이다. 나는 할머니가 되어서도 이 노래를 부르겠지. 마음으로 울며 부르겠지, 싶다.

엄마가 다른 건 몰라도 눈감는 그 순간에, 자신을 정말 사랑했던 가족이 있었음은 기억했으면 좋겠다.

소진 고정희 백일장은 학창시절 내가 유일하게 예선을 치르고 참가한 백일장이었다. 그래서일까 땅끝마을 해남을 얘기할 때면, 나는 고정희 백일장을 떠올렸다. 그에 대해 뭘 아는 건 아니었고, 시골에서 글깨나 쓰는 시인 정도로만 생각했다. 그러다 회사에서 해외 에이전시에 보낼 저자의 소개 글을 작성하던 중, 고정희라는 이름을 다시 마주했다. 시인이 지리산에서 실족사했다는 사실을 알게 되었고, 그의 본명이 고정애이고 5남 3녀 중 장녀라는 것. 그리고 해남에서 태어나 경기도 안산, 예술인 아파트에서 살다 죽었다는 걸 알게 되었다.

내가 초등학교 때부터 살던 곳. 오롯이 십 대와 이십 대를 보내고 삼십 대를 맞이한 예술인 아파트. 나라에서 예술가들을 위해 지었고 몇몇 예술가들이 살기도 했다는 것을 익히 알고 있었으나, 내가 우연히 가닿았다가 이내 멀어졌다가 다시 가까워진 시인 역시 이곳에 터를 잡고 지냈다는 게 이상했다. 기이하다고 하기에는 너무 멀리 짐작하는 것 같고, 말 그대로 이상했다. 실은 이상한 일은 이것 말고도 너무나 많다. 수학과 과학, 영어까지 못했던 중학생이 우연히 글을 쓰는 학교에 가고, 거기서도 글은 안 쓰고 놀다가 또 대학에 가고, 거기서도 글은 안 쓰고 딴 짓을 하다가 출판사에 다닌다. 글이 먹고사는 일에 도움이 될까, 궁리했던 나는 이제는 글이야말로 '사람답게 사는' 일에 도움이 된다고 여기는, 여전히 읽은 책보다 아는 척하는 책만 많은 서른이 되었다. 시집과 기사를 번갈아 보며 '고정희'라는 이름을 들추다가 지금 여기 있는 건 내가 꼭 읽어야 하는 게 이곳에 있기 때문이라는 생각이 들었다.

애들아, 만나서 반갑고
난 음악 좀 들을게

혜은 이번 회차가 올해 제가 〈일기떨기〉에서 쓰는 마지막 일기
더라고요. 처음엔 연말정산 느낌으로 써볼까 하고 그간
쓴 일기를 봤는데 슬프고 힘든 기록들 위주더라고요. 그
래서 그냥 최근 가장 큰 즐거움을 주는 일에 대해 써보자
싶어서 작사가 지망생 일기를 공개해봤습니다.

소진 저는 진짜 혜은처럼 음악을 시시때때로 듣는 사람을 본
적이 없어요. 같이 여행할 때도 혜은은 "어, 애들아, 반갑
고. 나 이제 음악 들을게" 하면서 바로 헤드셋을 껴요. 처
음엔 '무슨 음악을 저렇게 전투적으로 듣지?' 이러면서
신기해했죠. "무슨 노래 들어요?"라고 물어보려다가 삼
킬 때도 많거든요. 물어보면 나도 응당 들어야 될 것 같아
서……. 저는 한 노래에 꽂히면 그 곡만 주야장천 듣는 사
람이에요. 미친 것처럼.

혜은 제 일기가 매여 있던 것으로부터 달아나는 느낌이잖아

요. 저는 요즘 어딘가에 꽉 매여 있어요. 도저히 달아날수 없는 간병의 시간에 끼어 있는데, 이런 상황으로부터 내 마음을 잘 다스리고 있다고 생각하면서도 내일은 또 어떨까 싶어 어렵고 지친 상태예요. 근데 이 음악 일기만큼은 음악을 들었던 순간으로만 몰입해서 쓸 수 있어 참 좋았어요. 음악으로부터 나를 써 내려갈 수도 있겠구나, 싶은 거? 사실 제가 몇 개월간 〈일기가요〉라는 에세이를 연재한 적이 있어요. 음악과 저의 일상을 연결해서 쓴 글인데, 점점 음악을 핑계처럼 사용하는 것 같더라고요. 음악은 거들 뿐, 내 일상이 음악을 덮어버리는 유의 글쓰기였죠. 개인적으로는 재밌는 작업이지만 지속할 수는 없을 것 같아 중단했는데, 이번 음악 일기는 쓰면서 노래 안에 내가 있는 느낌이라 좋았어요. 그리고 작사 수업을 들으면서 느낀 게, '음악을 좋아하는 마음에 언어를 만들어 주고 있다'라는 거였어요. 보통 그렇잖아요. 좋아하는 마음을 그냥 좋아하는 채로만 간직하지, 구체적으로 표현해 보는 건 전혀 다른 성격의 작업이니까. 좋아하는 마음과 작업의 고리를 만드는 것에 즐거움이 큰 요즘이에요. 소진은 무엇을 오랫동안 품고 좋아했던 마음이 있나요? 많은 걸 좋아하긴 하시죠?

소진 근데 꾸준히는 못 하는 것 같아요. 금방금방 지겨워하는

202

데 그중에 그래도 즐거워하는 게 있다면, 술? 혼술을 진 짜 좋아해요.

혜은 혼술할 기회가 있나요? 보통 가족이랑 먹거나 애인이랑 먹으니까 혼자 먹을 시간이 별로 없을 것 같은데요.

소진 기분이 좋거나 울적할 때 편의점에서 맥주 한 캔을 사요. 보통은 절약한다고 네 캔에 만 천 원짜리 사잖아요. 근데 그런 날만큼은 제일 먹고 싶은 걸로 딱 한 캔, '그래, 나 오 늘 가격 안 본다' 하고 사서 으슥해진 골목에 들어서자마 자 뜯은 다음 기다란 빨대 꽂고 그냥 마셔요. 빨대로 마시 면 금방 취하잖아요. 요즘같이 추울 때 길에서 길맥하면 크, 너무 좋죠.

혜은 청량함이 남다를 것 같아요. 지금 상상했어. 여기까지 시 원해지는 거.

소진 맥주를 입으로 넘기는 게 아니라 아예 뒤통수부터 쭈우 욱 끌어올리는 느낌이랄까요? 그러다가 길에서 누군가 마주치게 되면 저도 모르게 창피하니까 맥주를 손으로 둘둘 포개요. 음료 먹는 양. 그렇게 빨리 먹어도 안 취하 면 편의점에 돌아가서 하나 더 사 먹고.

혜은   신속한 혼술이다. 길 위에 혼맥이라니 진짜 온전하면서
도 고독할 것 같은 느낌이에요.

소진   저는 이자카야에서도 혼술 잘해요. 비교적 손님 없는 평일
여섯 시부터 여덟 시 사이에 생맥주 한두 잔 먹고. 예……
저는 술을 좋아하는 것 같아요. 잘 마시지 못해도 좋아는
해요. 시작하고 술 얘기밖에 안 했네.

배움의 기쁨과
플레이리스트

혜은   다시 음악 얘기를 하면 저는 작사 수업에 큰 기쁨을 느끼고 있어요. 소진은 제빵 수업이 이제 끝났죠? 혹시 꼭 수업료를 내지 않아도 스스로 배우고 익히고자 노력하는 분야가 있을까요? 최근에 새롭게 깨달은 거나 머리가 띵한 가르침 같은 게 있었다면 그것도 궁금합니다.

소진   빵은 끝났고 수업 소감이라면, RHK 출판사에서 《2023 오늘도 빵먹일력》이라는 달력이 나왔어요. 그걸 엽서와 함께 제빵 스승님께 선물해드렸습니다. 올해 뭐가 됐든 눈으로 확인할 수 있는 결과물을 본다는 게 위로가 되었어요. 사실 사회생활이든 일상이든 내가 하고 있는 걸 직접적으로 확인하기가 어렵잖아요. 근데 제빵은 그날 가면 그날의 결과를 안고 오니까 마음이 편한 거예요. 제가 의외로 쑥스러움을 많이 타서 평소에는 선생님께 질문도 잘 안 하고 개인적인 얘기할 기회는 전혀 없고, 그래도 감사한 마음에 선물했는데 장문의 메시지를 주신 거예요. 너무 고맙다고. 한 장 한 장 넘길 때마다 제 생각 하시겠다고. 감동이었고 그 바로 다음 주에 서울출판인학교에서 하는 교정교열 수업을 들었어요. 같은 수업을 같은 선생님께 두 번 듣는 거예요. 그때는 잘 몰랐지만, 이젠 알 것 같았어요. 근데 그 수업 역시 끝나는 날 선생님이 이 일엔 정도가 없고 갑작스럽게 나아지거나 잘할 수는 없지만 하다 보면 정말 보람을 느끼게 될 거고 언제든 연락하라고 해주셔서 너무 감사했어요.

혜은   둘 다 마무리가 잘됐네요. 같은 커리큘럼을 한 번 더 들었다는 것에서, 소진이 그 일에 대한 애정과 연차가 쌓인 게 느껴졌어요.

소진   사실 저는 편집 일을 정말 모르겠는 거예요. 종사하고 있다고 말하기가 부끄러울 정도로 이 일이 너무 어렵고, 많은 게 계속해서 바뀌고 내가 안다고 생각했던 것들이 아닐 때가 있더라고요. 단어나 문장, 비문에 관한 것들이요. 그래서 최근에는 회사 팀원들이랑 스터디를 시작했어요. 일주일에 한 번 점심시간에 각자 일하다가 궁금했거나 헷갈리는 부분들을 공유하는데요. 지금 일하는 동료가 진짜 좋은 분들이거든요. 평소에도 일하다가 궁금한 게 생기면 바로 물어볼 수 있는 선배들과 함께라는 게 참 행운인 것 같아요.

혜은   소진의 배움을 응원하고 싶어요. 또 제 일기가 음악을 들으며 오래 걸었던 일화잖아요. 소진도 걷는 걸 좋아한다고 알고 있어요. 올해 유난히 좋은 걷기였다 싶은 날이 있었나요?

소진 애인이랑 저희 집 앞에 있는 작은 공원을 몇십 바퀴씩 돌았어요. 한 바퀴 도는 데 5분밖에 안 걸리거든요. 거길 한 시간씩 걷는 거죠. 사실 그 공원이 제가 첫 남자친구한테 차인 곳이고, 이런저런 희로애락이 깃든 장소예요. 거길 지금 남자친구랑 손을 잡고 걷는데 갑자기 벅차올라서 어느 날 "오빠, 제가 여기서 몇 년 전에 대차게 까였는데 이 길을 오빠랑 걸으니까 회복이 되고⋯⋯" 이렇게 얘기를 했어요. 원래 하면 안 되는 얘기잖아요. 그래도 남자친구가 참 잘 들어주는 거예요.

혜은 남자친구가 소진의 감정적인 부침 같은 거에 동요하지 않죠. 같이 일희일비하지 않고 잘 다독여주는 사람. 마음이 큰 사람이에요.

소진 맞아요. 누군가가 나를 온전히 믿어준다라는 감각이 생각지도 못한 일들을 해내게 만드는 것 같아요. 올해는 이직을 시작으로 제 주변이 끊임없이 바뀐 것 같은데요. 많은 게 달라져도 더울 때나 추울 때나 집 앞의 공원과 내

207

옆의 애인은 늘 같은 자리에서 나와 함께 걸어주고 있다는 게 힘이 되더라고요.

혜은 우리는 안정감이나 중심을 내 안에서 스스로 잡아야 한다고 생각할 때가 많은데 그게 안 되는 시기가 있죠. 도저히 내 힘으로 안 될 때, 타인 혹은 다른 존재에 내 중심이 있을 수도 있음을 발견하는 순간 위로가 되는 것 같아요. 단순히 의탁하는 느낌이 아니라, 혼자가 아니라고 생각하게 만드니까.

소진 그리고 남한테 나를 100퍼센트는 아니어도 일부분 맡길 수 있다는 것 자체가 내가 지금 괜찮은 상태에 있다는 방증 같아요. 내 마음이 불안할 때는 상대가 아무리 잘해줘도 괜히 꼬여서 '내가 불쌍해?'라는 생각만 들잖아요.

혜은 나는 나만 챙길 수 있다는 오만한 방어기제가 발동되죠. 너 아니어도 나 괜찮아! 사실 안 괜찮고 질질 짜면서. 오히려 손을 내미는 마음이 더 건강할 수도 있다는 걸 느낄 때가 있어요. 그리고 내 옆에 걷는 사람이 좋은 사람이기도 하지만 저는 걷기라는 것 자체가 회복을 이끌어내는 행위 같아요. 제가 일기에 음악을 듣기 위해 걷는다고 쓴 것처럼 음악과 걷기의 행위가 마침 잘 붙기도 하고. 음악을 들으면서 책을 읽을 수도 있고, 요리를 할 수도 있지만 그럴 땐 음악이 부수적으로 느껴지거든요. 제게 음악과 더불어 걷기가 세트로 왔기에 저는 음악이 더 좋아진 게 분명해요. 음악에 담긴 서사에 기대어 내 하루를 다른 방향으로 보게도 만들어주고요. 마지막으로 소진은 요즘 무슨 음악을 듣고 있는지 궁금해요. 같은 질문에 흔쾌히 얘기할 수 있는 장르나 곡이 있는가 하면 부끄러워서 말 못하고 도망가게 되는 장르도 있는 것 같긴 하고요.

소진 제가 주말에 영화 〈본즈 앤 올〉을 봤거든요.

혜은 티모시 샬라메 나오는!

소진 그 영화의 OST가 은근히 좋아요. 솔직히 영화보다 더 좋을 수도 있어요. 영화는 식인에 관한 내용이어서요. 그렇지만 끔찍하거나 고어한 건 아닙니다!

혜은 영화를 보고 뭘 먹었나요?

소진 아니요. 근데 보고 나와서 남자친구한테 제가 계속 "내가 죽으면 나 먹을 수 있어? 내가 날 먹어달라면 어떡할 거야?" 물었더니 평소보다 일찍 집에 귀가시켜주더라고요.

지겨웠나 봐요. '절 먹을 수 있겠냐니까요! 내가 온전히
원하는 게 그것뿐이라면! 당신 안에서 살아 숨 쉬고 싶
은······.' 네, 지겨웠겠죠. 근데 OST는 정말 좋아요.

혜은 엄청 강렬할 것 같아요. 저는 가장 최근에 재생한 노래가
RM의 〈어긋〉이에요. 자기 고백적인 가사가 인상 깊은 노
래인데요. 내가 바라는 이상과 현실 사이의 괴리를 느끼
는 청년의 얘기예요. 뭔가 다 어긋나고 내 편이 아닌 것
같은 상황에서 '그럼에도 나를 이겨내야지 진짜 내가 되
기 위해서'와 같은 강한 치유의 메시지들이 있어요.

소진 잠깐. 무슨 플레이리스트에 노래가 1700개나 있어요?

혜은 아이, 그냥······. 제 생각에 소진은 플레이리스트를 여러
개 만들거나 자주 바꿀 것 같아요. 싹 다 리셋하죠?

소진 저는 듣는 것만 듣고, 하나의 플레이리스트가 최대 200곡
을 안 넘어요. 거의 100곡?

혜은 저는 재생 목록의 음악들은 그냥 다 누적시켜요, 그해. 그
러니까 저는 올해 최소 1700곡을 들은 거예요. 또 여기서
제일 많이 들은 노래가 걸러지겠지만. 아무튼, 많은 분께

서 각자의 플레이리스트를 떠올리며 좋아하는 마음을 정리해보는 시간을 가지면 좋을 것 같아요.

재미란
무엇일까?

선란 일기

두 번째 소설집 《노랜드》를 출간하며 진행한 한 언론사 인터뷰에서 이런 질문을 받았다.

"작가님께 우울함이라는 건 뭔가요? 외로움과 우울함을 어떻게 이렇게 살 쓰세요?"

대답하느라 애를 먹었다. 답을 몰라서가 아니라 답이 정해져 있는데, 도대체 얘를 어떻게 말해야 너무 비장하지 않고, 너무 무겁지 않고, 너무 이상하지 않게 느껴지는지 생각하느라. 한마디로 자칫 '고독에 휩싸인 나'처럼 보일까 봐, 그 짧은 시간 안에 머리를 정신없이 굴렸다.

근본적인 성향을 따지자면 외로움과 고독으로 만들어진 인간이기는 하지만 그렇다고 거기에 지배되는 성격은 또 아니다. 외로움과 고독은 나의 기본 값, 밑바닥에 깔려 있을 뿐 대체로 나는 그 위에서 날고, 기고, 뛰고 별짓을 다 하니까. 그러니까 내가 고독하다고 하면 사람들은 대개 단번에 믿지 않는다.

인간은 누구나 고독하다. 인간은 누구나 외롭다. 이건 내가 가지고 있는 인간에 대한 편견이자 정의다. 나는 인간이 상상하고 꿈꿀 수 있기에 외롭다고 믿는다. 상상과 현실에는 간극이 있고, 그 간극 속에서 우리는 공허해진다. 현실에서 즐거움을 더 많이 발견하고, 현실의 아름다움을 볼 수 있는 인간은 꿈꾸는 인간보다 덜 외롭다고도 믿는다. 하지만 분명한 건 인간은 꿈을 꿀 수 있는 존재기에, 꿈을 꾸지 않는 사람은 단 한 명도 없다는 것이다. 그러니 모두가 외롭다. 빈도와 농도는 다르겠지만.

소설 플랫폼 브릿G에 소설을 올릴 당시, 작가 소개란에 이런 문구를 썼다.

'어렸을 땐 외계인이 반드시 나를 찾아오리란 확신이 있었고, 새벽마다 내가 지구를 구하는데 아침이면 기억하지 못하는 줄 알았다. 시간이 지나면 언젠가 모든 것이 현실로 다가올 줄 알았는데, 그냥 우주를 보면 우는 어른이 되었다.'

나는 그런 애다. 디지몬 어드벤처를 보며 꽤 오랫동안 나도 선택받은 아이일 것이라 믿었고 준비까지 했다. 점차 시간이 흘러 한 가지 현실을 깨달았는데, 그것은 내가 선택받은 아이가 아니라는 것이고 다시 말하자면 나는 선택받지 못해 가지 못할지언정 그 세계는 존재한다고 더 오랫동안 믿었다.

인간은 우주를 여전히 모른다. 우주는 저토록 넓고 신비로운데 지구 인간의 빈약한 상상력으로 우주를 다 담을 수 없지. 우주에서는 우리의 상상보다 더 대단하고 엄청난 일들이 벌어지고 있을 것이다. 밤하늘을 좋아하게 된 것도 이런 이유였다. 해가 떠 있을 땐 우주가 푸른 하늘에 가려 보이지 않지만, 밤이 되면 지구 천장이 열린 것처럼 내가 우주에 있다는 사실을 감각했다. 나는 뚜껑 열린 지구 맨틀에 발붙이고 서서 늘 우주를 바라보는 아이였다. 저곳에서 어떤 일들이 일어나고 있다고, 상상만 해도 가슴이 벅차고 저릿저릿해지는 그런 아이였으니…… 나의 상상과 현실의 간극은 내 키를 훨씬 뛰어넘을 만큼 넓었겠지.

이쯤 말했으니 이제 솔직하게 그 답을 해볼까?

나는 무척 우울한 아이였다.

재미라는 게 뭘까? 사람들은 어디에서 재미를 느낄까?

그게 늘 궁금했고, 지금도 궁금하다. 내가 꿈꾸는 것들을 볼 수 없는 현실은 답답하고 허무했다. 왜 태어났는지 궁금했지만 또렷하게 알려주는 이가 없었다. 답을 아는 이가 없는 게 맞다. 그걸 알면 대개 신이 되었으니까. 열심히 사는 게, 하루를 사는 게 우주를 바라보며 꿈을 꾸다 보면 더욱 허무하게 느껴졌다. 삶을 포기하지 않고 사는 게 그만큼 가치가 있을까? 나는 왜 이곳에서 재미를 느끼지 못할까. 누가 억지로라도 내게 이유를 만들어주면 좋겠다는 생각을, 십 대에 했다.

잠시라도 상상을 멈추면 나는 곧장 현실에 미끄러져 곤두박질친다. 그때도 그랬고, 지금도 그렇다. 십 대를 가득 채웠던 궁금증에 대한 답을 얻지 못했으니 당연하다. 나는 아침에 눈을 뜨고 잠들 때까지 내가 모르는 곳에서 일어날, 우주 밖의 수만 가지 상황을 상상한다. 단지 교실에 갇혀 공부한다는 환경적 문제의 답답함이 아니다. 교실에서도 꿈은 꿀 수 있으니까. 어쩌면 교실에서 꿈을 더 잘 꿀 수도 있고.

나는 이런 애다. 그리고 여전히 이런 사람이다.

그래서 뭐라고 대답했더라.

"십 대 때부터 존재 자체에 대한 우울함이 있었다. 왜 태어났는지 궁금했고, 열심히 사는 게 허무하게 느껴졌다. 역사에 길이 남을 유명한 사람이 돼도 인류 문명이 사라지면 그뿐 아닌가 싶었다. 삶을 포기하지 않는다면 뭘 위해 살아야 할지 혼자만의 고민이 있었다"라고 대답했다. 음…… 나중에 후회하겠군.

그래서 다시. 사람들은 뭐를 재밌어할까? 그래, 모두가 사실 그렇게 재미있지 않은 걸 수도 있다. 재미있지 않지만 나를 위해, 내 옆 사람을 위해 재미있는 척을 하는 걸지도 모른다. 그리고 이따금 정말로 재미있음을 느끼는 순간은 아마도 재미있는 이야기를 볼 때가 아닐까?

내게 이야기를 쓴다는 건, 내가 유일하게 신처럼 모든 걸 알고 또 통제할 수 있는 세상을 만든다는 거였다. 나는 저 우주는 모르지만 내 이야기는 전부 알고 있다. 내가 탄생한 이유는 모르지만 내가 만든 인물이 탄생한 이유는 명확히 알고 있다. 아무것도 알 수 없는 세상에서 유일하게 도망칠 수 있는 건 역시, 이야기였다. 나는 십 대 때부터 그렇게 이야기에 빠져들었고 내 세계를 만들어왔다. 그러니, 이런 내가 1년에 책을 두 권씩 내는 건 아무래도 무리가 아니고, 달리 생각하면 '1년에 두 권', 많이 자제하는 편이다.

그렇게 내 곁에 존재의 이유를 명확히 하는 콜리와 투데이, 연재, 지수, 보경이 생기고 나인과 미래, 현재, 그리고 랑과 고고, 완다와 난주, 수현이 생겼다. 나는 그들이 있어 덜 외롭다.

덜 외로워지자, 현실의 재미를 조금 알 것 같기도 하다.

맞아, 나 혼자만 꿈꾸던 세상을 들여다보는 사람도 생겼다. 독자분들이다. 내 이야기를 보고(읽고) 있는 독자를 마주할 때면, 나는 가상이었던 내 세계들이 진짜가 되는 착각을 받는다. 그것이 얼마나 벅찬 일인지, 당신이 내 이야기를 읽고 느끼는 호오를 떠나 읽는다는 것 자체가 내게 얼마나 기적과도 같은 일인지, 차마 다 말할 수 없고 구태여 구구절절 설명하지도 않을 거지만, 나는 요즘 그런 감각들을 느끼며 산다. 이 짓을, 계속 꿈만 꾸는 이 짓을 조금 더 오래 해도 되겠다고.

물론 타인의 세계를 들여다보는 것도 굉장히 좋아한다. 이 일기의 초안을 쓸 당시 〈헤어질 결심〉과 〈외계+인〉이 무척 흥미로웠고, 이 일기를 퇴고하고 있는 지금은 〈스파이더맨: 어크로스 더 유니버스〉와 〈애스터로이드 시티〉가 무척 좋았다고 달아 두고 싶다. 즐겁고 좋았던 게 너무나 많아서, 영화나 드라마에 대해 말하려면 페이지가 부족하다.

나는 모두가 꿈을 꿨으면 좋겠다. 하지만 이제 이 말은 마치 모두가 외로웠으면 좋겠다는 말처럼 읽힐지도 모르겠다. 하지만 달리 생각하면, 어차피 우리는 모두 외로우니까 외로운 김에 꿈을 더 꾸었으면 좋겠다는 말이다. 그런데 꿈을 꿀 시간 없이 바쁘고 지치면, 그 꿈을 내가 대신 꿔주겠다고 말해야지. 당신이 자는 동안에도, 일하는 동안에도 나는 계속 꿈꾸는 사람이 되겠다. 그렇게 그 꿈을 잘 정리해, 한 권의 책으로 돌려보내야지.

*
**

소진 | 어느덧 점심 요가를 한 지도 반년에 접어들었다. 일주일에 최소 네 번, 점심시간에 요가를 한다. 점심 그리고 요가 이렇게만 보면 직장인 신분으로서는 꽤나 근사한 일상인 듯한데, 실상 요가원에 가서는 내 몸 하나 제대로 가누지 못하다 한숨만 푹푹 쉬고 돌아온다. 그런 내가 주말을 제외하고는 거의 매일 점심마다 요가원에 간다고 하면 돌아오는 질문, "요가 시작하고 좀 달라진 것 같아?" (달라진 건 없습니다만.) "그럼 머리서기도 할 수 있겠네?" (그럼 좋겠습니다만.) 그래서 너 지금 요가하기 전이랑 후, 뭐가 달라졌어?

결론부터 말하자면 달라진 건 없다. 애초에 지금의 나를 바꾸기 위해 시작한 일이 아니니까. 그냥 하면 좋을 것 같아서 시작했다. 〈일기떨기〉 인스타그램 프로필 소개란은 '퇴근하고 주짓수하는 편집자'에서 '주말마다 제빵하는 편집자'를 거쳐 이제는 '점심시간에 요가하는 편집자'로 수정되었다. 처음에는 누가 뭐라고 하는 것도 아닌데 혼자서 자꾸만 프로필을 수정한다는 게 민망하기도 했다. 그렇다고 해서 지금 하지 않는 일로 나를 소개할 수는 없었다. 한때는 뭐 하나를 제대로 끝내지 못하는 내가 마음에 들지 않기도 했다. 책이나 영화를 볼 때도 중간에 재미가 없으면 덮어버리기 일쑤이고, 학창시절에 그 흔한 덕질 한번 제대로 해보지 못했다. 누군가 무언가를 아주 열렬히 좋아하는 걸 볼 때마다 따라 하고 싶은 마음이 들다가도 시작도 하기 전에 지쳐버리곤 했다. 그렇다고 좋아하는 게 없는 건 아니었다. 가을의 재즈 페스티벌, 해외 유명 밴드의 내한 공연, 지방의 작은 영화제까지. 재밌어 보이는 게 있으면 아무런 생각 없이 휘적휘적 갔다가 빈손으로 돌아오는 일. 내가 잘 알지도 못하는 가수의 공연에 갔다가 돌아오거나 연고도 없는 지역에 한참씩 눌러앉아 있을 때마다 누가 나의 행방에 관한 이유를 물으면 내 대답은 항상 '그냥'이었다. 그것만이 진실이고 진심이었다. 아무런 이유 없이 순한 마음으로 좋아하는 것. 이제 더는 그마음에 조급함을 느끼지 않기로 했다. 모든 것을 '그냥' 하다가 '그냥' 그만두어도 좋지 않을까, 라는 생각을 하니 그냥 하고 있다는 것, 그냥 좋아한다는 것, 그냥 그만두어도 된다는 것이 참근사하게 여겨졌다. 그 무수히 많은 '그냥'이 나를 상상도 하지 못한 장소에 데려다주곤 할 테니까.

혜은   꿈 수집가나 다름없는 나인데 요즘은 꿈 자체를 잘 안 꾼다. 내 감정들, 어디에 있나? 꿈이 아니라면 다른 모양으로 오려나? 꼭 꿈뿐만이 아니라도, 어느 시인의 말처럼 시간이 어떤 모양으로 다가올지에 관해서는 궁금해하지 않기로 하자. 그건 그것대로 오겠지, 하며 지내보자. 잊은 듯이 살고 있다가, 어떤 모습으로든 좋은 모양이 문득 내게 닿으면 매일 그걸 기다려온 사람처럼 반가워하기로 하자.

그냥 한번 봐줄
필요가 있다

혜은 〈외계+인〉이 화제잖아요. 여러 의미로. 어떠셨어요?
일단 영업 한번 해주세요.

선란 아, 이건 영화관에 무조건 가야 하는 영화예요. 영화관
에 가지 않고, 나를 가둬두지 않으면 끝까지 볼 수 없
는 영화입니다. 날 묶어둬야만 하는데 호불호가 갈리
는 이유도 너무 알 것 같아요. 아쉬운 것들도 많고 왜
악평을 하는지도 알겠지만. 하······. 덕후의 마음으로
하나가 꽂혀버렸는걸. 사실 한국 영화에서 1부를 달고
나오는 게 쉽지 않잖아요. 후속작을 기대할 수 없는 시
장인데 감독의 힘과 배우들의 느낌으로 1부를 당당히
달고 나왔다? 그럼 2부까지는 꼭 봐주고 싶은 느낌이
들거든요.

혜은 생각해보니까 애초에 시리즈를 예고하고 나온 작품이
네요.

선란 최동훈 감독님이잖아요, 〈전우치〉 만드신. 저는 〈전우치〉도 좋아했는데 거기에서 얼핏 보여줬던 창작자가 '가장 좋아하는 포인트'들이 있어요. 본인의 심장이 뛰는 부분들. 예를 들어 장르 문학 같은 경우에는 시간을 되돌린다든지, 아니면 외계 종족이 나온다든지 이런 지점들이 있는데 〈외계+인〉에 그걸 아낌없이 넣었어요. 좋든 나쁘든 어떤 의미로든 이런 걸 할 수 있는 사람은 최동훈 감독님뿐이라는 생각도 들었고요. 일단 CG가 너무 멋있어요. 의도적으로 웃기게 보이려고 한 부분들은 있는 것 같아요. 좀 어설프게. 외계인이 등장하고 도사가 싸우기도 하죠. 무엇보다 제목 자체가 좀 끌렸어요. (정확히는 외계 플러스 인이었지만) 왜 외계인일까요? 외계인이 나오는데 포스터에는 김태리가 고려 시대 복장을 하고 있어요. 그러니까 이건 어떤 느낌으로 봐야 되냐면 '나는 왜를 묻지 않겠다!' '스크린에 보이는 모든 현상을 그냥 받아들이겠다'라는 마인드가 필요해요.

혜은 근데 2부를 찍어야 되는 상황인 거예요? 혹시 같이 찍어놓지는 않았을까요?

선란 들어보니 다 찍어는 놨고 후반 작업이 필요한데 CG가 많이 입혀지는 영화라 후반 작업부터가 돈이 드는 일인 거예요. 그것이 이제 1부의 흥행에 달린 거죠.

소진 여기서 힘을 좀 받아야 되겠는데. 최동훈 감독님이 우리 방송을 들으셔서 힘을 받으시면 어떨까…….

선란 이게 힘을 드리면 받을 수 있는 건가요? (웃음) 어쨌든 확실히 〈외계+인〉은 재미없을 수 있어요. 근데 재밌는 요소는 또 다 있거든요? 액션도 많고. 너무 많은 게 문제인가? 사실 이런 것도 하나의 도전이니까 그래서 전 사람들이 좀 보고 욕했으면 좋겠어요.

혜은 그래, 나도 그런 생각은 있어. 그냥 한번 봐줄 필요가 있다, 어떤 부분에서는. 모든 대중이 그럴 순 없지만 영화를 사랑하거나 이 장르에 애정이 있다면 어느 정도는 한번 봐주는 것도…….

선란 그리고 또 최근에 〈헌트〉 보셨나요? 저는 '이렇게까지 흥행한다고?'라는 생각을 했습니다. 보고 나서 친구한테 얘기했어요. "야, 나는 〈외계+인〉이 재밌고 〈헌트〉가 그냥 그랬는데 내가 콘텐츠를 하는 게 맞을까?" 저는 〈헌트〉를 보다가 중간 부분에서 뭔가 탁 걸렸는데,

이게 마음에 걸리자마자 인물들을 사랑할 수가 없어졌어요. 이 인물들의 멋있음을 응원할 수가 없었어요. 어느 순간 내가 창작할 때 가지게 되는 마인드가 딱 생긴 거에요. 영화 자체는 정말 누아르로 잘 만들어졌는데, 다 좋았는데, 하……. '난 누굴 사랑해야 되지?' 싶으면서 영화관 안에서 동떨어진 느낌이 드는 거예요. 그 영화에 있는 인물과 내가 뚝 떨어지고 남은 시간 동안 누구를 응원해야 할까 고민하면서 점점 서러워졌어요. 이제 막 올라오는 후기들과 사람들이 말하는 재밌는 부분들을 보면서 역시 나는 콘텐츠를 하면 안 되는 건가 싶어서 아쉬웠죠. 그리고 저는 영화를 개봉날 가서 혼자 볼 때가 많은데 이것도 약간 문제예요. 말을 하고 싶은데 같이 얘기 나눌 사람이 없어요. 한번은 〈이터널스〉를 보고 할 얘기가 너무 많은데 주변에서 안 보는 거예요, 〈이터널스〉를! 너무 답답해서 영화표를 예매해줬어요. 제발 보고 오라고.

혜은　당신은 창작을 해야 돼요. 콘텐츠를 만들어야 돼.

선란　그래요? 다행이다. 그리고 영화관에서 봤던 것 중에 제게 가장 큰 충격이었던 작품은 〈헤어질 결심〉이었습니다.

소진   저는 박찬욱 감독님 영화 중에 원래 〈복수는 나의 것〉
이 넘버 원이었는데 〈헤어질 결심〉이 그걸 갈아치웠어
요. 다들 왜 좋았어? 뭐가 좋았어? 이런 질문을 하는
데, 그냥 그런 거 없이 좋았고, 각본집도 나오자마자
사서 탐독했어요. 날 잡아서 VOD 틀어놓고 각본집 넘
기면서 다시 볼 거예요.

선란   맞아요. 그냥 박찬욱 감독님이 박찬욱을 했다. 저는 박
찬욱 감독님의 작품 중에 제일 좋아하는 게 〈친절한 금
자씨〉거든요. 〈헤어질 결심〉은 박찬욱 감독님의 그라
운드 양극단에 있는 느낌. 〈친절한 금자씨〉는 여성 캐
릭터가 복수하는 내용이잖아요, 결국에는. 근데 〈헤어
질 결심〉의 여자 주인공은 사랑의 모든 걸 다 하는 거
라, 뭐랄까, 간만의 자극이라고 해야 하나…….

혜은   영화가 주는 즐거움(자극)들 있잖아.

선란   그러니까! 살면서 오랜만에 맛을 느낀 기분이었어요.
저는 영화에서 받는 자극이 가장 크거든요. 박찬욱 감
독님의 영화가 늘 자극을 줘요. 제가 영화를 하고 싶어
하잖아요. 〈헤어질 결심〉에서 그런 자극이 계속 오니
까 친구랑 보고 나와서 한숨만 푹푹 쉬면서 '하, 나 어

떡하지?' 이랬어요.

소진   박찬욱 사랑하는 것 같은데? (웃음) 제가 안 본 영화 중
에 다들 뜨악하는 게 〈인터스텔라〉랑 〈그래비티〉〈아바
타〉? 저는 철저하게 제 취향인 영화만 봐요. 봤던 영화
를 여러 번 다시 보기도 하고요. 얼마 전에도 우디 앨
런 작품을 싹 다시 봤어요. 특정 시기마다 푹 빠져서
좋아했던 영화들이 있지 않아요? 초등학교, 중학교 때
는 팀 버튼 감독을 좋아했었고, 그다음엔 미셸 공드리.
결국에는 작고 소박한 얘기를 하는 영화가 좋아요. 거
대 서사가 아닌 일반 사람들이 나와서 시시콜콜한 대
화를 하거나 사람과 사람으로 이야기가 전개되는 거.
문학 작품을 읽을 때도 마찬가지인 것 같고요. 제가 오
늘 〈일기떨기〉 인스타그램에 이주란 작가님의 《수면
아래》가 좋다고 올렸는데요. 우리 일상을 사부작사부
작 표현하는 〈인간극장〉 같은, 그런 거에 흥미를 느끼
는 것 같아요.

혜은   저는 잘 안 봐서 그렇지 장르는 안 가려요. 그래서 뭐
든지 다 볼 수 있어요.

소진   공포도?

혜은　아, 죄송해요. 공포는 안 돼요. 네…….

선란　저는 안 좋아하는 줄 알았거든요? 항상 "어, 공포 나 무서워해!" 했는데 다 본 거예요. 마이너한 것까지. 일단 공포 서사를 좋아해요. 무서운 게 좋은 게 아니라, 공포 그 기저에 깔린 메인 감성은 슬픔이라고 생각하거든요. 공포 영화는 슬픔을 갖고 있고, 결국 내가 공포 안에서 슬픔을 느낄 때의 짜릿함이 있어요. 저도 영화 취향은 없고 다 봐요, 웬만하면. 그러다 보면 좋아하는 영화가 툭툭 튀어나와요. 중간중간. 그 기준이 감독이 덕후일 때가 많은 것 같은데, 감독이 무언가에 미쳐 있는 게 보이면 디테일이 달라지거든요. 그럼 그때부터 그 영화가 너무 좋아져요.

소진　저는 오히려 선란과 반대로 감독이 애쓰지 않는 영화를 좋아해요. 감독이 애쓰지 않고 배우들이 좀 자유로운 느낌일 때? 한창 홍상수 감독 영화도 많이 봤던 것 같아요. 아니면 아예 역사와 관련된 영화들을 보고요. 〈인생은 아름다워〉나 〈줄무늬 파자마를 입은 소년〉처럼 홀로코스트를 다룬 영화들이요. 약간 취향이 극과 극을 달리는 것 같아서 어떨 때는 내가 아예 취향이 없는 것처럼 느껴지기도 하더라고요.

선란 저는 그런 걱정이 있어요. 이게 너무 흑심 같은 거죠. 제가 이 일기를 써놓고도 '사람들 다 재미없게 사는데 나만 또 재미없는 인생이라고 혼자 생각하나?' 왜냐하면 어떤 일에도 좀 감흥이 없어요. 근데 유일하게 책이나 영화에 빠져 있는 순간에는 흥미롭거든요. 그런 걸 느낄 때면 제가 생각했던 여러 가지 목표 중에 책을 한 거였으니까 다음엔 반드시 공부를 더 해서 영화를 해야겠다고, 언젠간 영화를 할 거라고 허무맹랑한 꿈을 꿔요. 현실이 될 수도 있겠지만. 이렇게 여러분을 흥분시키는 허무맹랑한 꿈에 대해서도 듣고 싶네요.

혜은 저는 제가 좋아하는 아이돌과 언젠가 한 번.

소진 결혼?

혜은 디지털 싱글……이라고 말하려 했는데 웬 결혼? 그런 거 말고, 저는 한 번은 디지털 싱글 같은 걸 낼 수 있지 않을까…… 하는 망상 같은 로망이 있어요. 만약 팬미팅 자리에서 장기자랑 시간이 주어지면 어떻게 할지 시뮬레이션도 돌리고 혼자 노래도 해봐요.

선란 오, 저는 칸 영화제에 서는 꿈도 꿔요.

혜은 배우로?

선란 오스카…… 아니, 무슨 소리예요! 감독으로.

소진 허무맹랑하지 않다고 생각하는데요? 저는 한 번도 제
가 생각하는 게 허무맹랑하다고 여겨본 적이 없어서
안 떠올라요.

혜은 맞다. 소진은 다 할 수 있다는 입장이잖아. 우리 〈유퀴
즈〉도 얘기했잖아. 〈일기떨기〉 시작할 때.

소진 전 지금도 〈유퀴즈〉 나가는 거 가능성 없다고 생각 안
해요.

혜은 저도 이제 허무맹랑하다고 생각되지 않아요. 소진에게
너무 세뇌당해서 '〈유퀴즈〉 못 갈 게 뭐가 있어?' 이런
마음이 들긴 해요.

소진 그래서 우리 브런치에다 열심히 글도 모으고 있잖아
요. 이러다 보면…….

혜은 뭐든 될 수 있겠지.

소진　　　그럼요. 이런 생각도 하는걸요. 나는 〈유퀴즈〉 나가면

　　　　　조세호 씨 질문에 성실하게 대답해줘야지.

파리에서 망원까지

소진

파리에서 지낸 지 한 달쯤 되었을 때 선배로부터 연락을 받았다. 친구 두 명과 함께 서유럽 여행 중인데 커피라도 한잔하자는 것이었다. 우리는 고등학교, 대학교 선후배로 묘한 유대감이 있었지만 늘 적정 거리를 유지한 채 애정이 부풀지 않도록 애를 썼다. 서로에 대해 잘 알지도, 그렇다고 아예 모르지도 않는 사이라고 해야 할까. 그런데도 선배의 연락을 받자마자 몽마르트르를 오르게 될 거란 예감이 들었다. 우리가 졸업한 고등학교의 언덕, 유독 경사가 가파르고 눈이 내린 다음 날 아침이면 운동회에서나 볼 법한 밧줄이 언덕 초입부터 덩그러니 놓여 있던 그곳의 잔상일까. 이참에 선배와 함께 몽마르트르를 아주 천천히 올라야겠다고 생각했다. 이제 우리에게 정해진 등교 시간 따위 없으니 예쁜 주택이 보이면 한 번, 바게트로 유명한 빵집이 나오면 두 번, 여느 관광객처럼 점점 작아지는 지붕을 배경 삼아 사진을 찍어도 좋겠지.

　몽마르트르 언덕에 오르기 전에 파리에서 가장 좋아하는 카페로 선배를 데리고 갔다. 낭만주의 미술관 바로 옆에 있는 '로즈 베이커리'. 청록빛 온실 속 투명한 창 위로 햇살의 방향이 끊임없이 뒤바뀌는 비밀의 정원. 옆으로 길게 누워 있는 나무 아래에 앉아 영국식 홍차와 파운드 케이크를 맛볼 수 있는 이곳이라면 장기 여행에 지친 선배가 여유를 되찾기에 적절할 듯했다. 우리는 테라스에 앉아 서로의 안부를 주고받았다. 나는 이제 막 파리 외곽에 작은 방을 구해서 오페라 근처 한식당 아르바이트를 시작한 참이었다. 선배는 내게 파리에서의 일상에 관해 물었다. 적당한 낭만과 가끔의 위험에 대해서만 말하면 좋았을 텐데, 느닷없이 묻지도 않은 얘기를 털어놓았다. 집 계약과 함께 통장 잔고는 바닥을 드러낸 지 오래였고, 누군가 만나자고 하는 날이면 책상 위에 있는 2유로짜리 동전의 개수를 세어본다고 했다. 그 동전의 개수가 손가락을 쓰지 않고 대충 봐도 헤아릴 수 있을 정도면 외출을 삼간다고 할 때는 괜히 웃음이 나왔다. 그날도 더 많아질 리가 없는 동전을 몇 번씩 세고 또 세다가 나왔으므로. 돈은 없어도 예의는 차리고 싶었던 나는 멀리서 온 선배에게 가장 싼 크레이프를 사 주고선 파리에 올 때 애인에게 빼앗듯이 가져온 필름 카메라로 몽마르트르와 선배의 모습을 필름 한 롤에 꽉 채워 건네주었다.

둘이서 언덕을 오르는 내내 나는 줄곧 선배의 뒤에서 걸었다. 다섯 걸음 정도 간격을 유지하고 본 선배는 한 걸음 한 걸음 참 정성껏 걷는 사람이었다. 그 모습을 보는데 왠지 모르게 아쉽단 생각이 들었다. 파리만큼 걷기 좋은 도시도 없는데 너무 아껴서 걷는 건 아닐까, 하고서. 뭐가 그렇게 미안하고 아까워서 저렇게 힘을 주어 걷는 걸까. 선배는 내게 1년만, 딱 1년만 더 소설을 쓰고 싶다고 했다. 선배가 어떤 글을 쓰는 사람이었는지 기억이 나지 않았던 나는, 퉁명스러운 말투로 "그럼 안 쓰려고 했어요?"라고 대꾸했다. 멀리까지 와서 만난 후배의 말에 그녀는 혼자 무언가를 다짐한 사람처럼, 웃는 것 같지도 우는 것 같지도 않은 얼굴로 끄덕였다. 그렇게 우리는 언덕 아래에서 다음에 만나자는 약속도 없이 헤어졌다. 그 이후 나는 파리에서 두 계절을 더 보냈고, 선배는 끊임없이 무언가 쓰는 사람이 되어가고 있었다.

자기 스스로 이름을 부여하고 글을 쓰는 사람. 나는 그가 글을 쓰는 이름을 가졌다는 이유만으로 무언가 하자고 할 때면 별다른 말을 덧붙이지 않고 고분고분 따른다. 선배에게 말하지 않았지만, 내가 파리에서 따로 약속을 잡고 만난 사람은 비밀의 정원에서 만난 선배 한 명뿐이었다. 파리에서 만나 파리에서 헤어지는 사람들은 무수히 많아도 이곳으로 여행을 온 사람과는 만난 적 없었다. 내가 무얼 하며 사는지, 무슨 생각을 하는지 부연하고 싶은 마음이 들지 않았기 때문이다. 그날 이후 선배와는 종종 서울의 골목이나 카페에서 만나 또 언제 보자는 약속 없이 헤어졌다. 하루는 선배와 강릉 여행을 갔다가 돌아오는 길이었다. 이제 집으로 가야 하는 시각인데, 별안간 같이 갔던 다른 선배 한 명이 집으로 가기 전에 갈 곳이 있다고 했다. 나는 얼굴도 이름도 모르는 여자 선배가 망원동에 책방을 오픈했다는 것이었다. 평소 같았으면 집으로 간다고 했을 텐데, 선배들이 가자고 하면 또 아무런 토를 달지 않고 그냥 따라나선다. 그렇게 어색한 만남 이후 다시 여름, 몇 권의 책을 더 출간한 선배가 이번에는 홍대 앞으로 나오라고 했다. 요즘 어떻게 지내는지, 지금 하는 일은 어떤지 묻지도 않고선 대뜸 그때 만난 선배랑 셋이서 일기를 쓰고 떠드는 팟캐스트를 하자고 했다. 아무것도 쓰지 않는다는 내 말에 한 달에 한 번만 일기를 쓰면 된다고 했다. 그럼 나는 선배가 하자고 하니까 일단은 알았다고 한다. 이제 기약 없이 헤어지던 우리는 사람을 잘 만나고, 잘 소화하고, 또 잘 믿기까지 하는 언니를 만나 서로의 얘기를 전보다 더 잘 털어놓는 사이가 되었다. 처음 갔을 때는 다시 올 일이 있을까 싶었던 '작업책방 씀'은 일터에서 10분만 가면 있는 방공호가 되어주었고, 길에서 마주치면 알아볼 수 있을까 했던 선배는 그 누구보다 자주 만나는 친구가 되었다. 이제 우리는 서로의 일상을 꿰고 있다가 틈이 나면 녹음을 하고, 카페를 가고, 여행을 이야기한다. 파리, 베를린, 뉴욕 각자를 울고 웃게 했던 도시에 가자고 홀리듯이 말하다 망원에서 한강공원 다시 불광천으로 걸음을 옮긴다.

　하루 1만 보 이상 걷는 언니들과 어디까지 걸을 수 있을까. 그날 작은 크로스백 하나를 메고 몽마르트르로 온 선란은 어떤 다짐으로 글을 쓰는 사람이 되었을까. 운명처럼 망원에서 만난 혜은은 어떻게 뭐든 다 괜찮은 사람으로 환하게만 살아가는 걸까. 그게 궁금해서 언니들을 쫓아다니는 나는, 미워하는 일보단 사랑하는 일에 자신 있는 이들을 조금만 흉내 낼 수 있어도 충분할 것 같다는 생각에 쓰지도 않던 일기를 다시 또 쓴다.

엉망으로 열심히 살고 있습니다

ⓒ 천선란, 윤혜은, 윤소진 2023

초판 1쇄 발행 2023년 12월 10일
초판 3쇄 발행 2024년 1월 26일

지은이 천선란 윤혜은 윤소진
펴낸이 이상훈
문학팀 김다인 최해경 하상민
마케팅 김한성 조재성 박신영 김효진 김애린 오민정

펴낸곳 (주)한겨레엔 www.hanibook.co.kr
주소 서울시 마포구 창전로 70(신수동) 화수목빌딩 5층
전화 02-6383-1602~3
팩스 02-6383-1610
대표메일 munhak@hanien.co.kr

ISBN 979-11-6040-712-9 (03810)